Autor _ Ludwig Tieck
Título _ Feitiço de amor e outros contos

Copyright _ Hedra 2009

Tradução© _ Karin Volobuef
Maria Aparecida Barbosa

Títulos originais _ *Der blonde Eckbert; Der getreue Eckart und der Tannenhäuser; Der Runenberg; Liebeszauber; Die Elfen; Der Pokal.* [*Phantasus* (1812–16)]

Corpo editorial _ Adriano Scatolin, Alexandre B. de Souza, Bruno Costa, Caio Gagliardi, Fábio Mantegari, Iuri Pereira, Jorge Sallum, Oliver Tolle, Ricardo Musse, Ricardo Valle

Dados _

Dados Internacionais de Catalogação na Publicação (CIP)

T438 Tieck, Ludwig (1773–1853)
Feitiço de amor e outros contos. / Ludwig Tieck. Tradução de Maria Aparecida Barbosa e Karin Volobuef. Introdução de Maria Aparecida Barbosa – São Paulo: Hedra, 2009.
224 p.

ISBN 978-85-7715-139-4

1. Literatura Alemã. 2. Conto. 3. Romantismo Alemão. I. Título. II. Contos Macabros. III. Barbosa, Maria Aparecida, Tradutora. IV. Volobuef, Karin, Tradutora.

CDU 830
CDD 833.7

Elaborado por Wanda Lucia Schmidt CRB-8-1922

Direitos reservados em língua portuguesa somente para o Brasil

EDITORA HEDRA LTDA.

Endereço _ R. Fradique Coutinho, 1139 (subsolo) 05416-011 São Paulo SP Brasil

Telefone/Fax _ +55 11 3097 8304

E-mail _ editora@hedra.com.br

Site _ www.hedra.com.br

Foi feito o depósito legal.

Autor _ Ludwig Tieck

Título _ Feitiço de amor
e outros contos

Tradução _ Maria Aparecida Barbosa
e Karin Volobuef

Introdução _ Maria Aparecida Barbosa

São Paulo _ 2009

hedra

Johann Ludwig Tieck (Berlim, 1773–*id.*, 1853), foi um dos mais importantes fundadores do movimento romântico alemão. Estudou História, Filologia e Literatura Moderna em Halle, Göttingen e Erlangen. Entre suas primeiras narrativas estão os romances *Die Geschichte des Herrn William Lovell* (A história de William Lovell, 1795–96) e *Franz Sternbalds Wanderungen* (Peregrinações de Franz Sternbald, 1798). Ao publicar esse último, um romance de artista, conhece o filósofo Friedrich von Schlegel. Dois anos mais tarde, passa a residir em Jena, onde efervesciam as discussões do "Primeiro Romantismo" ou "Romantismo Inicial", e nessa cidade conviveu com os escritores August e Friedrich von Schlegel, Novalis, Brentano, e os filósofos Fichte e Schelling. Além de poeta e escritor, destacou-se como editor e tradutor. Como tradutor, verteu o *Don Quixote*, de Cervantes, e boa parte da obra de Shakespeare, dando seguimento às traduções iniciadas por A.W. von Schlegel, em parceria com sua filha Dorothea, e o marido desta, Graf von Baudissin. Como editor, publicou obras de Kleist e Novalis. Os contos e as peças teatrais da coletânea *Phantasus* conquistaram sucesso junto ao público, bem como suas novelas tardias. Em 1834, consagrou a Camões a novela histórica *Tod des Dichters* (Morte do poeta), onde reconta o destino do poeta maior da língua portuguesa. Em 1842, a convite de Frederico Guilherme IV, rei da Prússia, estabelece-se em Berlim, participando ativamente da sociedade literária de então.

Feitiço de amor e outros contos reúne seis das narrativas macabras ou fantásticas de *Phantasus* (1812–16), coletânea concebida em três partes, cada uma com sete textos. Os textos mais antigos e a ideia de integrá-los numa composição intermediada por diálogos à maneira da série de contos *Decameron* remontam à última década do século XVIII, ou seja, do início do período romântico. A complementação, através de intervenções e de novos textos se deu por volta de 1810. Num poema apresentado ainda no começo do livro, Fântaso, deus grego dos sonhos com seres inanimados, é o guia que inicia o poeta pelas manifestações assustadoras da natureza no universo: o medo, a tolice, o gracejo, o amor. O leitor tem em mãos a primeira edição brasileira dedicada à ficção de Ludwig Tieck.

Karin Volobuef é professora de Literatura na Faculdade de Ciências e Letras da Unesp (Araraquara). Graduou-se em Letras pela Unicamp, obteve o mestrado na USP em 1991 com dissertação sobre E.T.A. Hoffmann e doutorou-se na mesma universidade em 1996 com a tese sobre a ficção romântica alemã e brasileira *Frestas e arestas: A prosa de ficção do Romantismo na Alemanha e no Brasil* (Unesp, 1999). Traduziu, entre outros, Fouqué, Arnim, Hoffmann, Tieck e Novalis, e publicou estudos sobre Kafka, Schiller, Chamisso, Canetti e Hofmannsthal. Para a Coleção de Bolso Hedra, reviu sua tradução de *O pequeno Zacarias chamado Cinábrio*, de E.T.A. Hoffmann.

Maria Aparecida Barbosa é doutora em Literatura pela Universidade Federal de Santa Catarina (UFSC) com tese sobre romantismo alemão e tradução literária. Como docente da mesma instituição, desenvolve pesquisas sobre Rainer Maria Rilke, E.T.A. Hoffmann, Peter Weiss, Alfred Kubin, Kurt Schwitters. Traduziu, entre outros trabalhos, *Cartas natalinas à mãe*, de Rilke, (Globo, 2007) e textos filosóficos de August W. von Schlegel, W. von Humboldt e Ernst Bloch.

SUMÁRIO

Introdução, por Maria Aparecida Barbosa   9

FEITIÇO DE AMOR E OUTROS CONTOS   21

O Loiro Eckbert   23

A Montanha das Runas   51

Os elfos   83

Feitiço de amor   115

O cálice   155

Eckart Fiel e Tannenhäuser   179

INTRODUÇÃO

> A Poesia é una, amálgama se compondo desde tempos imemoriais ao futuro longínquo, com as obras hoje acessíveis, as perdidas passíveis de complementação por nossa fantasia e as do porvir deixando-se pressentir. Incessantemente ela quer se revelar, de tempos em tempos surgindo rejuvenescida e em novas formatações.
>
> Tieck, prefácio às *Canções de trovadores*

A tradução dos contos macabros do poeta romântico Ludwig Tieck dois séculos após a publicação da coletânea *Phantasus*, na qual estão inseridos, pressupõe que o espírito romântico e poético que ele nos legou possa se revestir de um pontual ressurgimento da Poesia Una, ora numa configuração em língua portuguesa.

A pesquisa sobre as diversas raízes e heranças dessa literatura fornece um emaranhado espesso, com derivações de canções de trovadores medievais e da literatura inglesa que o escritor admirava. Priorizando a dimensão histórica, forneço a seguir algumas informações sobre o contexto ao qual Tieck se filia na literatura alemã, numa tentativa de perceber em que medida o escritor recorria aos modelos da literatura inglesa e dos trovadores alemães medievais na composição de sua obra. Pois é da afinidade com o "maravilhoso" e o horror proveniente dessas fontes que nascem seus contos majestosos, cuja amostra nós organizamos e traduzimos do alemão com a intenção de apresentá-la ao leitor brasileiro.

Tieck traduziu Cervantes e, juntamente com a filha, Dorothea (1799–1841), von Baudissin (1789–1878) e Wilhelm von Schlegel (1767–1845), verteu e editou dramas de Shakespeare. Foi um persistente leitor e divulgador do escritor inglês e a predileção deixou marcas indeléveis em sua produção literária. Nos contos "A Montanha das Runas" e "Eckart Fiel e Tannenhäuser", por exemplo, a influência de *Ossian*, criações do escocês James Macpherson baseadas em baladas gálicas, é evidente no conteúdo, no qual percebemos semelhante fecundidade da fantasia e o mundo de heróis em infindáveis batalhas (Eckart). Por outro lado, atribuindo grande valor às características da poesia medieval dos trovadores, Tieck resgatou a forma predileta desses poetas, os versos heptassilábicos em redondilha maior, modelo poético que muitas vezes adotou. Sobretudo no conto "Eckart", tentei traduzir os versos nessa forma ao português, inclusive empregando *cursus velox*, com tônicas na 2ª e 7ª sílabas.

Diz-se que as trupes de teatro inglês que circularam pela Alemanha no século XVII já haviam encenado versões anônimas e descaracterizadas de Shakespeare. Mas a recepção do dramaturgo inglês nos territórios de língua alemã é inaugurada concretamente em 1761, ainda no auge do Iluminismo, quando o escritor Christoph Wieland (1733–1813) levou ao palco de sua terra natal, a cidade de Biberach, a primeira encenação de um drama shakespeariano na Alemanha: sua tradução de *The Tempest*.

No contexto do movimento literário "Sturm und Drang" (Tempestade e Ímpeto), que de certa maneira prenuncia o romantismo alemão, a pesquisa de Johann Gottfried Herder (1744–1803) se pautava predominantemente em canções, baladas e contos populares. Num livro que publicou em 1773, ele conjugava seu próprio texto "Trecho de uma correspondência sobre Ossian e as baladas dos povos antigos", "Sobre a arquitetura alemã", de Goethe, bem como "A história alemã", de Justus Möser. O título *Von deutscher Art und Kunst* (Sobre o modo e a arte alemães) pode proporcionar uma ideia do bombástico efeito que a reivindicação do grupo surtiu no ambiente intelectual da época, dividido entre a tradição do barroco e as forças iluministas.

Foi nesse mesmo ensaio que Herder pela primeira vez empregou o conceito de *Volkslieder* (canções populares); a menção consta da passagem onde descreve seus inúmeros contatos em regiões provincianas com canções populares, canções de província (*Provinziallieder*), canções de camponeses (*Bauerlieder*), as quais em vitalidade, ritmo, inocência e potência na linguagem nada deixariam a desejar. Mas acrescentou: "No entanto, quem se ocupa de canções do povo? das ruas, becos e mercados de peixe! das rodas populares de canto entre camponeses?".

Dando corpo às teorias, em 1778/9 vem à luz a coletânea *Volkslieder* na qual o linguista integrou cantigas de camponeses, cantos indianos, bem como poemas de Goethe, Matthias Claudius e Shakespeare. Justificando a mixórdia de textos, Herder procurou demonstrar sua convergência na origem que comungavam, todos provenientes de culturas efervescentes de vitalidade:

Quanto mais selvagem, ou mais cheio de vida, quanto mais inconsequente um povo é [...], mais selvagem, mais vital, livre, sensual e lírica serão necessariamente suas canções, caso tenha canções! Quanto mais distanciado do pensamento artificial e científico e das letras é um povo, menos apropriadas serão suas canções para o papel e os versos mortos: dos aspectos líricos, vitais e ao mesmo tempo rítmicos do canto, da atualidade viva das imagens, do contexto e ao mesmo tempo da contundência dos motivos, da sensibilidade e simetria das palavras, sílabas, em alguns casos inclusive das letras, a evolução da melodia e centenas de outros pormenores que dizem respeito ao mundo vivo e à ideia de canções de provérbios e de poesia nacional (Spruch- und Nationallieder); disso, e somente disso depende a essência, a força prodigiosa que essas canções possuem. Nisso consiste o encanto, a mola propulsora da eterna herança e prazer do canto do povo!

Ao expressar-se nesses termos, Herder buscava reabilitar o espírito literário vital e vigoroso, mas também o "nacional", o que gerou interpretações controversas. A polêmica em torno do conceito "contos populares" (*Volksmärchen*) desencadeia uma cisão dentro do romantismo alemão. Na medida em que era dotada de vigor poderoso e peculiar, porém, a tradição cultural de origem popular passava a representar uma alternativa aos territórios dominados em sua luta pela autonomia cultural e política, como era o caso da Alemanha, sob influências francesas e, mais recentemente, greco-romanas.

O grupo da cidade de Heidelberg, composto entre outros por Ludwig Achim von Arnim (1781–1831) e

Clemens Brentano (1778–1842) tentava fundar, dentro do movimento romântico, um segmento marcado pela autorreferência e nacionalismo, excluindo tudo que é estrangeiro.[1] Identificando-se como herdeiros da tradição iniciada por Herder, esses autores publicam em 1805/6 e 1808 a obra *Des Knaben Wunderhorn* (A cornucópia do menino), uma coletânea de contos populares. As interpretações da herança de Herder foram conduzidas de modo diferente, respectivamente pelos escritores românticos das cidades de Jena e os de Heidelberg, e essas tendências nortearam, portanto, duas vertentes de pesquisa.

Célebres se tornaram as publicações dos irmãos Grimm, Jacob (1785–1863) e Wilhelm (1786–1859) contendo *Kinder- und Hausmärchen* (Contos maravilhosos para o lar e as crianças), que representam uma interpretação universal. As primeiras edições surgiram com os volumes de 1812 e 1815, com contos extraídos da tradição oral, e com o volume de 1822, com versões diferentes e esclarecimentos — uma contribuição para a pesquisa dos contos populares.

Numa correspondência ao escritor Ludwig Achim von Arnim, com quem colaborara nas pesquisas para *A cornucópia do menino*, Jacob tentou delimitar o autêntico sentido do "conto popular" (*Volksmärchen*), para ele a mais elevada acepção e a forma original da poesia, do "conto maravilhoso artístico" (*Kunstmärchen*): ao primeiro caso, ele se referia como um ato de criação coletiva da alma popular. O segundo caso constituía a

---

[1] "alles ausländische... *ausgeschlossen*", segundo Segeberg: "Phasen der Romantik". In: *Romantik-Handbuch*, p. 52)

poesia artística (*Kunstpoesie*), resultado de uma preparação subjetiva e pessoal.

Outros românticos, como Ludwig Tieck e Novalis (1772–1801), transformaram-lhe o conteúdo popular num significado individual, de acordo com um plano de criação artística bem consciente. O poeta Novalis empregou parte do acervo, por exemplo, em seu romance fragmentário *Heinrich von Ofterdingen*. Por sua vez, Tieck recorria ao conto popular a fim de atingir seu programa político-literário, que consistia em denunciar a banalidade da literatura de entretenimento através de estilizações de contos de Charles Perrault (*O Gato de Botas, Barba Azul*). Coerente, sempre perseguiu o objetivo de conferir traços de romantização ao ordinário.

Desde 1792 quando estudava inglês em Göttingen, Tieck se dedicava ao estudo dos dramas de Shakespeare. Em 1796, é publicada *Der Sturm*, sua tradução de *The Tempest*, acompanhada do ensaio "Shakespeares Behandlung des Wunderbaren" (O tratamento shakespeariano do maravilhoso). Referindo-se ao ambiente mágico em torno dos personagens Próspero e Talibã, ele enalteceu no escritor inglês a "prodigiosa fecundidade da fantasia" (*die wunderbare Schnelligkeit der Phantasie*) e a "incompreensível instantaneidade e flexibilidade da imaginação" (*die unbegreiflich schnelle Beweglichkeit der Imagination*). Não obstante a tentativa de Tieck no sentido de corresponder à preciosidade do colorido mágico, em resenha publicada em 1798 na *Athenaeum*, revista de ensaios que instituiu o movimento romântico alemão, August von Schlegel lamentou a dissolução dos arrojados versos do drama inglês em prosa, pois atribuía grande valor a fundamentos sensíveis como rima e métrica.

A crítica de seu futuro interlocutor repercutiria de modo construtivo no próximo trabalho tradutório: canções de trovadores medievais (da Suábia, no sul da Alemanha) ao alemão de sua época, de 1803. A experiência adquirida do contato com as formas métricas rigorosas durante essa tradução redundou em embasamento propício às próprias criações, pois consistiu em exercício de escansão e versificação dentro dos moldes daquela poesia de arquitetura primorosa. No prefácio à adaptação da poesia medieval, Tieck justifica a fidelidade às rimas peculiares às canções originais, devida segundo ele menos ao impulso de afetação que à valorização do tom e do som, da sensibilidade a palavras e sons semelhantes, pois inerente em parentescos repletos de mistérios subjaz necessariamente a busca comum pela poesia através da musicalidade. Resguardando o caráter das canções de trovadores medievais, desenvolveu a habilidade dos setessilábicos em redondilha maior que mais tarde empregou nos contos "A Montanha das Runas" e "Eckart". Com a finalidade de ilustrar, aponho abaixo, respectivamente, uma amostra da adaptação das trovas medievais (Tieck), em seguida uma estrofe do "Eckart" em alemão e minha tradução:

> In rechter Schöne ein Morgensterne
> Ist meine Frau der ich gerne
> Diene und immer dienen will
> Wie klein sie mir Freude mehre...

Der Fels spring voneinander,
Ein bunt Gewimmel drein,
Man sieht Gestalten wandern
Im wunderlichen Schein.

A rocha ao meio se cinde,
E roja de dentro um tropel.
Se vê figuras surgindo,
Ao clarão misterioso do céu.

Se em alguns dos contos mais antigos, encontramos a similaridade da forma com o trovadorismo medieval que Tieck adaptava talvez concomitantemente, no desenvolvimento das narrativas fica visível o esforço por prolongar os interstícios que introduzem, enfim, o "maravilhoso", efeito de postergação que admirou e elogiou em *The Tempest* e *A Midsummer Night's Dream*, peças que considerava suaves e amenas em contraste com as gigantescas figuras de Macbeth ou Othello. Diferentemente da noite velada assustando os mortais em *Hamlet*, o reino da noite naqueles dois casos seria clareado por branda luz de luar. Mas ao invés do "maravilhoso cômico" das duas comédias shakespearianas, tom que ele privilegiou em sua peça teatral "O Gato de Botas" por exemplo, nos desfechos dos contos maravilhosos artísticos desta seleção prevalece o tom do gênero maravilhoso aliado ao horror.

Phantasus é introduzida pelo texto "À guisa de prefácio, a W. Schlegel", cujo primeiro parágrafo eu aponho a seguir, a título de ilustrar o intercâmbio bastante profícuo entre dois intelectuais do período:

Foi uma bela época de minha vida, quando primeiramente o conheci e também seu irmão Friedrich; mais bela ainda, quando nós e Novalis vivemos juntos pela arte e pela ciência e nos encontrávamos em diversos empreendimentos. Agora, o destino nos separou há muitos anos. Senti sua falta em Roma e, da mesma forma, mais tarde, em Viena e Munique. A saúde precária impediu-me de procurá-lo no local onde você residia; só em espírito e na lembrança eu podia viver com você.

A coletânea de Ludwig Tieck compõe-se de "contos maravilhosos artísticos", que são composições literárias com características populares, mas estilizadas por um escritor. Foi concebida em três partes, cada uma com sete textos, mas assim como tantas outras obras dos escritores românticos, permanece inacabada em forma de fragmento: consistiu no final das contas em sete contos maravilhosos artísticos e seis dramas. Os textos mais antigos e a ideia de integrá-los numa composição intermediada por diálogos à maneira da série de contos *Decameron*, do escritor italiano Boccaccio, remontam à última década do século XVIII, ou seja, ao início do período romântico. A complementação, através de intervenções e de textos extras aconteceu por volta de 1810.

Sete homens, alguns deles perdidos durante um passeio, e quatro mulheres reúnem-se acidentalmente numa casa de campo. As condições românticas e ideais do convívio entre esses amigos favorecem tanto as conversas sobre educação e desilusões amorosas, como discussões sobre arte em geral: poesia, jardinagem e teatro, abordando questões pertinentes à época. Os diálogos entre as narrativas deixam margens a deduções e identificações dos personagens como figuras representantes da sociedade intelectual daquela época.

Num poema apresentado ainda no começo do livro, Fântaso, deus grego dos sonhos com seres inanimados, empresta nome à série de contos e peças teatrais de Tieck, pois é ele o guia que inicia o poeta pelas manifestações assustadoras da natureza no universo: o medo, a tolice, o gracejo, o amor. Ao despertar febril e inspirado pela vidência, o poeta passou a contar aos amigos a primeira história: "O Loiro Eckbert".

Tieck convocou o personagem Ernst para referir-se à forma de narrativa exemplar na qual deveriam se pautar os amigos-autores:

O bem e o mal perfazem a aparição dupla, que a criança mais facilmente compreende em toda história, que em toda composição mais de uma vez nos sensibiliza, que nos agrada em seus mistérios de formas diversas por si mesmos se desvelando, se revelando à compreensão. Há uma maneira de ver a vida ordinária como um conto maravilhoso, assim é possível se deparar com o maravilhoso como se fosse o mero cotidiano.

A seleção dos seis contos que perfazem esta publicação, inédita em português, privilegia o horror nas narrativas de *Phantasus*. E esse recorte encontra-se representado por excelência e de maneira mais explícita no conto "Feitiço de amor". Inclusive na atmosfera perturbadora de expectativa que se instaura no conto "O cálice" e evolui para a celebração final através da solução dos desenlaces, o macabro predomina e permeia toda a narrativa. Mas nesse caso, todavia, fica evidente que, assim como nos "contos populares", a trama nos "contos artísticos" de Tieck nem sempre conflui ao final macabro.

As traduções que o leitor apreciará a seguir representam o primeiro esforço para apresentar um autor chave do Romantismo alemão ao público brasileiro, autor sobre o qual o crítico Otto Maria Carpeaux escreveu:

Nos vinte e dois volumes das Obras Completas de Tieck muita coisa boa e bela está enterrada e esquecida. Durante trinta anos, Tieck rivalizou com Goethe: muitos consideravam-no o verdadeiro centro da literatura alemã.[2]

BIBLIOGRAFIA

ARNIN, L. A. von. e BRENTANO, C. *Des Knaben Wunderhorn*. Disponível em 15/8/2009: <http://gutenberg.spiegel.de/?id=5&xid=5246&kapitel=1#gb_found>

FRANK, Manfred (org.). *Ludwig Tieck Phantasus* (volume 6). In: *Ludwig Tieck Schriften in zwölf Bänden*. Frankfurt am Main: Deutscher Klassiker Verlag, 1985.

HERDER, Johann Gottfried. *Von deutscher Art und Kunst*. Disponível em 15.08.2009: <http://www.zeno.org/Literatur/M/Herder,+Johann+Gottfried/Theoretische+Schriften/Von+deutscher+Art+und+Kunst/1.+Auszug+aus+einem+Briefwechsel?hl=zusammenhange+und+gleichsam+notdrange>

TIECK, Ludwig. "Shakespeares Behandlung des Wunderbaren". In: *Der Sturm* [The Tempest], trad. Ludwig Tieck. Disponível em 15/8/2009: <http://www.gutenberg.ca/ebooks/tieck-sturm/tieck-sturm-00-h.html>

---

[2] Otto Maria Carpeaux. *A literatura alemã*. São Paulo: Nova Alexandria, 1994.

FEITIÇO DE AMOR E OUTROS CONTOS

O LOIRO ECKBERT

EM UMA REGIÃO da Hercínia morava um cavaleiro que todos chamavam apenas de Loiro Eckbert. Ele contava cerca de quarenta anos, mal alcançava estatura mediana, e seus cabelos louros claros caíam curtos e lisos bem rente ao semblante pálido e descarnado. Levava uma vida pacata e reservada, e jamais se envolvia nas contendas de seus vizinhos; além disso, só muito raramente era visto fora dos muros de circunvalação de seu pequeno castelo. Sua esposa apreciava igualmente a solidão, e ambos pareciam amar-se do fundo de seus corações, sendo usual queixarem-se apenas do fato de que o céu se recusava a abençoar seu casamento com filhos.

Só raramente Eckbert recebia visitas de hóspedes, e quando isso acontecia, eles pouco alteravam o modo de vida habitual; a temperança residia ali e a parcimônia em pessoa parecia ordenar tudo. Nessas ocasiões, Eckbert ficava jovial e de bom humor, apenas quando ficava sozinho é que se percebia nele certo ar taciturno, uma melancolia silenciosa e retraída.

Ninguém vinha ao burgo tão amiúde como Philipp Walther, um homem a quem Eckbert se havia associado por encontrar nele uma forma de pensar muito semelhante à sua própria. Ele residia em verdade na Francônia, mas com frequência permanecia mais da metade do ano nas cercanias do burgo de Eckbert coletando ervas e seixos e ocupando-se em colocá-los em ordem, vivia de uma pequena fortuna e por isso não dependia de ninguém. Eckbert muitas vezes acompanhava-o em seus passeios solitários, e ano após ano os dois se uniam por uma amizade mais estreita.

Há momentos em que uma pessoa é tomada de angústia se tiver de manter um segredo que até então vinha ocultando de seu amigo com grande desvelo; nessa hora, a alma sente um impulso irresistível de compartilhar tudo, de descerrar frente ao amigo inclusive as coisas mais íntimas, a fim de tornar essa amizade tanto mais sólida. Nessas ocasiões as almas se revelam uma à outra em sua fragilidade, e de vez em quando também pode suceder-se de uma retroceder assustada diante da amizade da outra.

Já era outono quando em uma noite nebulosa Eckbert se achava sentado com seu amigo e sua esposa Bertha junto ao fogo de uma lareira. As chamas lançavam um vivo clarão através do aposento e brincavam no teto; a noite espreitava lúgubre pelas janelas adentro, e as árvores no lado de fora estremeciam com a fria umidade. Walther queixou-se do longo caminho de retorno que teria de percorrer, e Eckbert sugeriu-lhe que pernoitasse ali, passando parte da noite com uma conversa descontraída e depois indo dormir até o amanhecer em um dos aposentos da casa. Walther aceitou a proposta, e então foram trazidos o vinho e a ceia, o fogo foi realimentado e a conversa entre os amigos tornou-se cada vez mais alegre e espontânea.

Depois de os pratos terem sido retirados e os servos se afastado, Eckbert tomou a mão de Walther e disse:

— Meu amigo, vós deveríeis aproveitar a ocasião e

ouvir de minha esposa a história de sua infância, que é bastante incomum.

— Com prazer — disse Walther.

E sentaram-se novamente junto à lareira.

Era então justamente meia-noite, a lua espreitava de tempos em tempos por entre as nuvens que passavam esvoaçantes.

— Espero que vós não haveis de me considerar importuna — começou Bertha. — Meu esposo diz que tendes uma maneira de pensar tão nobre que seria errado ocultar algo de vós. Peço-vos, porém, que por mais inusitada que minha narrativa possa parecer não a tomeis por um conto de fadas.

Nasci em uma aldeia, meu pai era um pobre pastor. As condições de meus pais não eram das melhores, muitas vezes eles não sabiam de onde poderiam tirar o pão. Mas o que eu lastimava bem mais era que meu pai e minha mãe amiúde se altercavam por causa de sua pobreza e então um fazia amargas censuras ao outro. Fora isso, constantemente diziam que eu era uma criança tola e estúpida, incapaz de realizar até as tarefas mais insignificantes, e, de fato, eu era por demais inepta e desajeitada, sempre deixava cair as coisas, não aprendia nem a costurar nem a fiar, não conseguia ajudar em nenhum serviço doméstico, somente a penúria de meus pais era algo que eu compreendia muito bem. Com frequência ficava então sentada em um canto com a cabeça cheia de fantasias sobre como haveria de ajudá-los se de um momento para outro me tornasse rica, e como haveria de cumulá-los de ouro e prata e me deliciar com seu assombro; aí via espíritos elevando-se pelos ares e me indicando tesouros enterrados ou dando-me pequenos seixos que se transformavam em pedras preciosas, enfim, ocupava-me das mais mirabolantes fantasias e, quando depois disso tinha que me levantar para ajudar em algo ou carregar alguma coisa, mostrava-me ainda bem mais desajeitada porque minha cabeça estava zonza com todos aqueles sonhos quiméricos.

Meu pai estava sempre muito zangado comigo por eu ser assim um fardo totalmente inútil para eles; por isso, tratava-me muitas vezes de modo bastante cruel, e era raro receber dele uma palavra gentil. Assim alcancei os oito anos de idade e nessa época foram tomadas medidas sérias para que eu fizesse ou aprendesse alguma coisa. Meu pai considerava que tudo não passava de capricho ou indolência de minha parte a fim de passar meus dias em ociosidade; em suma: começou a me perseguir com veementes ameaças, e quando também elas não trouxeram nenhum fruto, surrou-me da maneira mais atroz dizendo que essa punição seria repetida todos os dias já que eu não passava de uma criatura inútil.

Durante toda aquela noite chorei amargamente, sentia-me abandonada ao extremo e com tamanha pena de mim mesma que desejava morrer. Temia o alvorecer do dia, estava totalmente desnorteada e sem saber o que fazer; desejava possuir todas as habilidades imagináveis, e não conseguia entender por que era menos capaz do que as outras crianças que conhecia. Estava à beira do desespero.

Quando despontou o dia, levantei-me e, quase sem que o soubesse, abri a porta de nossa pequena cabana.

Encontrei-me no campo aberto, pouco depois estava em uma floresta em que ainda mal chegava a luz do dia. Fui correndo sem parar e nunca olhava para trás, não sentia qualquer cansaço, pois continuava acreditando que meu pai ainda poderia me alcançar e, irritado pela minha fuga, tratar-me-ia com crueldade redobrada.

Quando alcancei o fim da floresta o sol já estava bastante alto; percebi nesse momento que havia à minha frente algo escuro e encoberto por uma densa névoa. Ora tive que escalar colinas, ora seguir por um caminho que serpenteava por entre rochedos, e presumi então que devia estar na serra circunvizinha, e comecei a sentir-me apavorada naquela solidão. Pois lá na planície nunca vira nenhuma montanha, e quando ouvira alguém mencionando serras, a própria palavra já soara assustadora aos meus ouvidos infantis. Não tive coragem de retornar, foi meu medo justamente o que me impeliu adiante; muitas vezes olhava sobressaltada para trás quando o vento passava sobre minha cabeça e se infiltrava pelas árvores ou quando uma machadada longínqua ressoava através da manhã silenciosa. Por fim, ao deparar-me com carvoeiros e mineiros e ouvir uma pronúncia estranha, por pouco não desmaiei de horror.

Perdoai minha prolixidade; sempre que falo dessa história, involuntariamente torno-me loquaz, e Eckbert, a única pessoa a quem a narrei, sempre prestou tamanha atenção que me deixou mal-acostumada.

Atravessei diversas aldeias e pedi esmolas, pois agora sentia fome e sede; conseguia arranjar-me razoavelmente com as respostas quando alguém perguntava algo. Já avançara assim por uns quatro dias, quando fui dar em uma pequena vereda que foi me levando cada vez mais para longe da estrada principal. Os rochedos à minha volta começaram nesse ponto a apresentar uma forma diferente, bem mais estranha. Eram penhascos empilhados uns sobre os outros, que davam a impressão de que o primeiro sopro de vento os faria despencar para todos os lados. Fiquei em dúvida se deveria prosseguir. Durante as noites sempre havia dormido na floresta, pois estávamos justamente na estação mais amena do ano, ou então em cabanas de pastores isoladas; mas ali não encontrava nenhuma moradia humana nem podia ter a expectativa de deparar-me com uma nesse descampado; os rochedos foram tornando-se cada vez mais tenebrosos, obrigando-me diversas vezes a passar bem próximo a abismos vertiginosos, e, por fim, até mesmo a trilha sob os meus pés desapareceu. Fiquei absolutamente desconsolada, chorei e gritei, e o eco de minha voz respondeu nos vales rochosos de uma maneira aterrorizante. Então caiu a noite e escolhi um canto coberto de musgo para nele repousar. Não pude dormir; durante a noite ouvi os ruídos mais estranhos, que ora tomava por animais selvagens, ora pelo vento gemendo entre as rochas, ora por pássaros inusitados. Rezei e adormeci só muito tarde, pouco antes de amanhecer.

Acordei com a luz do dia batendo em meu rosto. À minha frente havia um rochedo íngreme; escalei-o na esperança de poder descobrir lá de cima uma saída desse descampado e eventualmente divisar casas ou pessoas. Mas quando alcancei o cimo, tudo ao meu redor, tão longe quanto a vista alcançava, era igual ao lugar em que me encontrava, tudo estava submerso em uma neblina perfumada, o dia estava cinzento e lúgubre, e meus olhos não conseguiam distinguir nenhuma árvore, nenhum prado, nenhum arbusto sequer, exceto umas poucas ramagens dispersas que haviam crescido, solitárias e tristonhas, de fendas estreitas nas rochas. Não é possível descrever a saudade que eu sentia de avistar ao menos um único ser humano, ainda que ele fosse dos mais estranhos e me inspirasse temor. A fome mortificava-me enquanto isso, sentei-me e decidi-me a morrer. Algum tempo depois, porém, a vontade de viver saiu vitoriosa, reuni minhas forças e caminhei o dia inteiro sob lágrimas, sob suspiros intermitentes; por fim já mal tinha consciência de mim, estava com sono e esgotada, já mal tinha o desejo de viver e, ainda assim, receava a morte.

Perto do anoitecer a região à minha volta pareceu tornar-se um pouco mais aprazível, minhas ideias e minha vontade reavivaram-se, o desejo de viver despertou em todas as minhas veias. Julguei então ouvir ao longe o zunir de um moinho, acelerei meus passos e quão bem, quão leve me senti quando realmente acabei por alcançar os limites do deserto de rochedos, e mais uma vez estendiam-se à minha frente bosques e prados com longínquas e suaves montanhas. Era como se tivesse saído do inferno e entrado no paraíso, a solidão e meu estado de desamparo nesse momento já não pareciam mais assustadoras.

Em lugar de chegar ao esperado moinho fui dar a uma cachoeira, o que por certo reduziu bastante minha alegria; estava colhendo com a mão um gole de água do regato quando de súbito tive a impressão de ouvir a alguma distância o som abafado de alguém tossindo. Nunca fora tão agradavelmente surpreendida como nesse momento, caminhei naquela direção e, na orla da floresta, divisei uma anciã que parecia estar descansando. Estava trajada quase totalmente de preto, uma mantilha negra cobria sua cabeça e boa parte de sua face, na mão segurava uma bengala.

Aproximei-me dela e pedi sua ajuda, a anciã convidou-me a sentar ao seu lado e deu-me pão e um pouco de vinho. Enquanto eu comia, entoou com voz esganiçada uma canção religiosa. Quando terminou, disse-me para acompanhá-la.

A oferta me alegrou muitíssimo, não obstante a voz e o aspecto da anciã me parecerem bizarros. Ela andava com bastante agilidade apoiada em sua bengala, e fazia caretas a cada passada, e isso no início me fazia rir. Os rochedos desabitados foram ficando cada vez mais para trás, atravessamos uma suave campina e depois um bosque bastante extenso. Quando chegamos ao fim dele o sol estava justamente se pondo, e jamais me esquecerei da imagem e da sensação desse entardecer. Tudo se fundia em delicados tons rubros e dourados, as árvores erguiam suas copas no arrebol, e pelos campos derramava-se um clarão encantador; as matas e as folhas das árvores estavam imóveis, o céu límpido parecia um paraíso de portas abertas, e o murmúrio das fontes e o ocasional zunir das árvores atravessavam aquela risonha calmaria com um tom de jubilosa melancolia. Minha alma juvenil alcançou então, pela primeira vez, uma ideia do que era o mundo e suas particularidades. Esqueci-me de mim e de minha guia, meu espírito e meus olhos apenas voavam entusiasmados por entre as nuvens douradas.

Subimos então a colina recoberta de bétulas, do alto via-se um pequeno vale repleto de bétulas, lá embaixo no meio das árvores havia uma casinha. Um alegre latido soou em nossa direção e um ágil cãozinho pulou na anciã abanando a cauda; depois ele veio ter comigo, olhou-me de todos os lados e em seguida retornou para junto da anciã com trejeitos amáveis.

Quando descíamos pelo morro ouvi um cântico singular que parecia vir da cabana, como se fosse de um pássaro; o canto era assim:

> Doce solidão
> Do bosque, que alegria
> Dia após dia
> E pelos tempos que virão
> Oh, como me delicia
> Doce solidão.

Estas poucas palavras eram incessantemente repetidas; esse canto, se tivesse que descrevê-lo, era quase como o som distante de uma charamela e uma trompa de caça soando juntas.

Minha curiosidade estava aguçada ao extremo; sem esperar pelo convite da anciã entrei com ela na cabana. O crepúsculo já caíra, tudo estava bem arrumado, havia algumas canecas em um armário na parede, vasos misteriosos sobre uma mesa, junto à janela estava pendurado um pássaro em uma pequena e reluzente gaiola, e era ele de fato quem entoava aquelas palavras. A anciã arfava e tossia, parecia que não conseguia mais se restabelecer, ora afagava o cãozinho, ora falava com o pássaro, que apenas lhe respondia com sua canção habitual; na verdade, ela agia como se eu nem estivesse presente. Enquanto fiquei assim a observá-la, diversas vezes senti um frio na espinha, pois seu rosto estava em um movimento constante e distorcido, ao mesmo tempo em que a cabeça balançava como se fosse de velhice de modo que se tornava impossível discernir realmente as feições dela.

Quando havia se restabelecido, ela acendeu uma luz, pôs uma mesa diminuta e serviu a ceia. Então virou-se para mim e disse-me para sentar em uma das cadeiras de vime trançado. Dessa forma fiquei sentada bem a sua frente e a luz estava entre nós. Juntou suas mãos ossudas e rezou em voz alta continuando a fazer caretas, de modo que eu quase teria rido novamente; mas tomei o cuidado de controlar-me para que ela não se zangasse comigo.

Depois da ceia, rezou outra vez, e em seguida ofereceu-me um leito em uma câmara muito pequena; ela dormiu na sala. Não permaneci desperta por muito tempo, estava meio atordoada, mas durante a noite despertei algumas vezes e então ouvia a anciã tossindo e falando com o cão enquanto o pássaro, que parecia estar sonhando, cantava somente palavras isoladas de sua canção. Esses sons, em conjunto com as bétulas que murmuravam defronte a janela e o canto distante de um rouxinol, formavam uma combinação tão fantástica que eu ficava com a impressão, não de ter despertado, mas de estar apenas caindo em um outro sonho ainda mais estranho.

De manhã a anciã me acordou e pouco depois impeliu-me para o trabalho, minha tarefa era fiar, e desta vez aprendi a fazê-lo sem dificuldade, além do mais também tinha que cuidar do cão e do pássaro. Rapidamente acostumei-me à lida doméstica, e todos os objetos ao redor se tornaram conhecidos; tive então a impressão de que tudo era como deveria ser, já não pensava que a anciã tinha algo de bizarro, que a localização da casa era extravagante, e que havia algo de extraordinário no pássaro. Mas sua beleza nunca deixou de chamar minha atenção, pois suas penas reluziam em todas as cores possíveis, o mais formoso azul claro alternava-se em seu pescoço e corpo com o vermelho mais vivo, e quando cantava enfatuava-se de orgulho fazendo com que suas penas parecessem ainda mais soberbas.

Muitas vezes a anciã ausentava-se e retornava apenas ao anoitecer, então eu ia ao seu encontro com o cão e ela me chamava de minha menina e filha. Com o tempo fui me afeiçoando bastante a ela, pois que nos acostumamos a tudo, especialmente quando crianças. À noite ela ensinou-me a ler, logo assimilei a lição, e depois disso a leitura na minha solidão tornou-se uma fonte infinita de prazer, já que a anciã possuía alguns livros antigos escritos à mão que continham histórias mirabolantes.

Até hoje a lembrança de como vivi naquela época continua parecendo-me estranha: sem receber a visita de nenhuma criatura humana, adaptada somente a esse círculo familiar tão diminuto, pois o cão e o pássaro davam-me a mesma impressão que normalmente só pessoas há muito conhecidas nos causam. Nunca mais pude recordar o curioso nome do cão, embora o tivesse chamado tantas vezes naquele tempo.

Já vivia assim com a anciã há quatro anos e devia estar com uns doze anos, quando finalmente ela depositou maior confiança em mim e me revelou um segredo: todos os dias o pássaro botava um ovo no qual se achava uma pérola ou uma pedra preciosa. Já havia muito, eu percebera que ela mexia às escondidas na gaiola, mas nunca me preocupara com isso. Por ora ela incumbiu-me da tarefa de recolher esses ovos durante a sua ausência e guardá-los cuidadosamente nos vasos misteriosos. Daí por diante ela deixava alimentos para mim e passou a ausentar-se por períodos mais longos, semanas, meses; minha pequena roca chiava, o cão latia, o pássaro mágico cantava enquanto a região na circunvizinhança se mantinha tão serena que não me recordo de ter havido durante todo esse tempo qualquer vendaval, qualquer tempestade. Nunca ninguém perdeu o caminho e foi dar ali, nenhum animal selvagem aproximava-se de nossa morada, eu estava satisfeita e cantava, e meu trabalho fazia os dias se sucederem... O ser humano talvez fosse bastante feliz se lhe fosse possível manter até o fim uma vida tão tranquila.

A partir das poucas coisas que lia, ia formando uma ideia bastante fabulosa do mundo e das pessoas; tudo assemelhava-se a mim e a meus companheiros: quando eram mencionadas pessoas alegres, eu não conseguia imaginá-las de outro modo a não ser como o pequeno lulu, damas faustosas sempre tinham a aparência do pássaro, todas as mulheres idosas, a da minha bizarra anciã. Também li um pouco sobre o amor, e então fabricava na minha imaginação histórias fantasiosas envolvendo a mim mesma. Imaginava o cavaleiro mais belo do mundo, dotava-o de todas as qualidades, embora realmente não soubesse, após todos esses esforços, qual era a aparência dele; mesmo assim, sentia uma grande pena de mim mesma quando ele não correspondia ao meu amor e nesses momentos elaborava em pensamento, ou por vezes também em voz alta, longos e tocantes discursos a fim de conquistá-lo. Vós estais sorrindo! Deveras, nós todos agora já passamos por esse tempo de juventude.

Nessa época preferia mesmo ficar só, pois então era eu própria quem mandava na casa. O cão amava-me muito e fazia tudo o que eu queria; o pássaro respondia a todas as minhas perguntas com seu cântico; minha pequena roca girava sempre com vivacidade, e assim, no fundo, nunca fui tomada pelo desejo de mudanças. Quando a anciã retornava de suas longas jornadas, elogiava minha dedicação, e dizia que, desde a minha chegada, a casa estava mais bem cuidada, ela ficava contente com meu crescimento e minha aparência sadia, enfim, tratava-me como a uma filha.

"Tu és valorosa, minha menina!", disse-me ela certa vez com um som estridente, "se continuares assim, sempre haverás de passar bem; por outro lado, sair do bom caminho nunca traz bons frutos, o castigo é infalível e nunca é tarde demais para ele". Quando ela assim falou, não lhe dei muita atenção, pois era muito vivaz em minha maneira de ser; mas à noite lembrei-me de suas palavras e não consegui compreender o que ela quisera dizer com aquilo. Refleti com cuidado sobre cada palavra, decerto eu havia lido sobre riquezas e, por fim, veio-me a ideia de que suas pérolas e pedras preciosas provavelmente fossem valiosas. Dentro em breve essa ideia acabaria adquirindo contornos ainda mais definidos. Mas o que ela queria dizer com o bom caminho? Ainda não conseguia entender perfeitamente o sentido de suas palavras.

Completei quatorze anos, e é uma desventura para o ser humano o fato de alcançar a razão e, em troca, infalivelmente perder a inocência de sua alma. Eis que eu compreendi claramente que, se assim o quisesse, poderia apoderar-me do pássaro e das joias quando a anciã estivesse longe e partir com eles em busca do mundo sobre o qual havia lido. Aí talvez até pudesse encontrar o formosíssimo cavaleiro de quem ainda não me esquecera.

No princípio essa era uma ideia como qualquer outra, mas enquanto estava sentada junto à roda de fiar, esse pensamento sempre ficava retornando contra a minha vontade, e acabei deixando-me levar por ele de tal modo que já me via magnificamente adornada e cercada de cavaleiros e príncipes. Nas ocasiões em que me deixava levar assim, tornava-me bastante tristonha quando novamente levantava os olhos e percebia estar na pequena cabana. Aliás, desde que fizesse minhas tarefas, a anciã não me dava maior atenção.

Certo dia minha senhoria partiu novamente, dizendo-me que dessa vez haveria de ficar longe por mais tempo do que de costume, ela exortou-me a cuidar muito bem de tudo e a não me entregar ao tédio. Despedi-me dela com certa aflição, pois tinha a sensação de que não tornaria a vê-la. Segui-a com os olhos por um longo tempo, embora eu mesma não soubesse por que estava tão assustada; era quase como se meu intento já estivesse decidido sem que eu tivesse plena consciência disso.

Nunca cuidei do cão e do pássaro com tamanha solicitude; meu afeto por eles era maior do que antes. A anciã já estava ausente havia alguns dias quando acordei com o firme propósito de abandonar a cabana com o pássaro e de sair em busca do assim chamado mundo. Meu coração estava apertado e cheio de angústia, desejei novamente continuar ali, e não obstante essa ideia também me era repugnante; uma estranha batalha travou-se em minha alma, como se houvesse em mim dois espíritos rebeldes em combate. Ora a plácida solidão parecia-me tão encantadora, ora entusiasmava-me outra vez com a ideia de um mundo novo com toda a sua maravilhosa diversidade.

Não sabia que decisão tomar, o cão não parava de pular carinhosamente em mim, os raios do sol derramaram-se com alegria pelos campos, as verdes bétulas reluziam: tive a sensação de ter algo muito urgente a fazer, por conseguinte segurei o cãozinho, amarrei-o dentro da sala e tomei sob o braço a gaiola com o pássaro. O cão vergou-se e choramingou por causa desse tratamento inusitado, lançou-me um olhar suplicante, mas eu tinha receio de levá-lo comigo. Em seguida tomei um dos vasos repletos de pedras preciosas e coloquei-o entre as minhas coisas, deixando os demais onde estavam.

O pássaro revirou a cabeça de um modo bizarro quando passei com ele pela porta; o cão esforçou-se muito em acompanhar-me, mas teve de ficar para trás.

Evitando o caminho que levava aos rochedos agrestes, parti na direção oposta. O cão latia e choramingava sem parar, e eu fiquei profundamente comovida; o pássaro dispôs-se algumas vezes a cantar, mas, como estava sendo carregado, isso devia ser-lhe incômodo.

Enquanto prosseguia caminhando, os latidos soavam cada vez mais fracos e, por fim, findaram de vez. Chorei e estive prestes a tomar o caminho de volta, mas o anseio de ver algo novo impeliu-me adiante.

Já passara montanhas e alguns arvoredos quando caiu a noite e fui forçada a procurar albergue em uma aldeia. Eu estava muito desajeitada quando entrei na taverna, deram-me um aposento e um leito, dormi bastante tranquilamente apesar de sonhar com a anciã, que me ameaçava.

Minha viagem transcorreu de forma bastante uniforme, mas quanto mais avançava mais ia ficando atemorizada com a imagem da anciã e do cãozinho; eu ficava pensando que, sem meu auxílio, ele provavelmente morreria de fome; quando atravessava alguma floresta, tinha a impressão de que a anciã de repente apareceria à minha frente. Dessa forma, era sob lágrimas e suspiros que continuava meu caminho; em todas as ocasiões em que parava para descansar e depositava a gaiola no chão, o pássaro entoava sua canção fantástica e com isso fazia-me recordar de forma muito nítida as belas paragens que eu abandonara. Como a natureza humana tende ao esquecimento, acreditava então que minha viagem anterior durante a infância não tivesse sido tão tristonha como a atual; desejei estar novamente naquela situação de outrora.

Eu tinha vendido algumas pedras preciosas e, depois de uma jornada de vários dias, cheguei a uma aldeia. Já na chegada tive uma sensação estranha, assustei-me e não sabia por quê; mas logo entendi os meus sentimentos, pois era a mesma aldeia em que eu havia nascido. Como fiquei admirada! Minha alegria, motivada por mil lembranças curiosas, foi tamanha que as lágrimas correram pelas faces! Muitas coisas estavam diferentes, haviam surgido casas novas, outras, que naquela época tinham acabado de ser erigidas, agora estavam em estado decadente, também avistei construções que sofreram incêndios; tudo era bem mais diminuto e apertado do que eu esperava. Senti uma alegria infinita pela expectativa de rever meus pais depois de tantos anos; encontrei a casinha, a soleira tão familiar, a maçaneta ainda era exatamente como outrora, foi como se tivesse sido apenas ontem que a fechei; meu coração bateu com violência, abri com um gesto brusco... Mas na sala havia semblantes totalmente estranhos que me encaravam. Indaguei pelo pastor Martin e disseram-me que já havia morrido há três anos com sua esposa. Rapidamente recuei e, em prantos, abandonei a aldeia.

Eu havia imaginado que seria tão bonito surpreender meus pais com minha riqueza inesperada; aquilo com que na infância eu apenas tinha podido sonhar havia-se tornado realidade devido a um acaso dos mais extraordinários... Mas agora tudo foi em vão, eu não podia dar essa alegria a eles, e aquilo pelo que eu mais ansiara a vida toda estava perdido para sempre.

Em uma cidade agradável aluguei uma casinha com jardim e tomei os serviços de uma criada que veio morar comigo. O mundo não era tão maravilhoso como eu havia suposto, mas comecei a pensar um pouco menos na anciã e em minha antiga moradia e, de modo geral, vivia bastante satisfeita.

O pássaro já não cantava fazia bastante tempo; por isso, não foi pequeno o meu susto quando certa noite recomeçou e, dessa vez, com uma canção modificada. Ele cantou:

Doce solidão
Do bosque, longe de minha visão.
Remorso principia –
Nos dias que serão!
Oh, única alegria,
Doce solidão.

Durante toda aquela noite não pude dormir, tudo voltou-me à memória e, mais do que nunca, senti que causara uma injúria. No dia seguinte a visão do pássaro era-me por demais odiosa, ele ficava olhando para mim, e sua presença causava-me temor. Passou a entoar sua canção ininterruptamente e com voz mais alta e sonora do que antes fora seu costume. Quanto mais o observava, maior era o meu pavor; por fim, abri a gaiola, enfiei minha mão nela e peguei seu pescoço, apertei os dedos com força, ele lançou-me um olhar suplicante, soltei-o, mas já estava morto... Enterrei-o no jardim.

A partir de então comecei a ficar inquieta por causa de minha criada, pensei no que eu mesma fizera e imaginava que também ela algum dia poderia me roubar ou até mesmo me assassinar.

Já há algum tempo conhecia um jovem cavaleiro que me agradava sobremaneira, dei-lhe minha mão e, com isso, senhor Walther, minha história chegou ao fim.

— Vós devíeis tê-la visto naquela época — interrompeu Eckbert com sofreguidão. — Sua juventude, sua formosura e que encanto incompreensível lhe fora conferido através de sua educação solitária. Ela deu-me a impressão de um milagre e eu lhe dediquei um amor além de todas as medidas. Eu não tinha posses, mas o amor dela permitiu-me chegar a esse bem-estar; viemos residir aqui e, até hoje, nem por um momento nos arrependemos de nossa união.

— Mas de tanto eu falar — recomeçou Bertha — a noite já vai bem adiantada. Vamos nos recolher para dormir!

Levantou-se e foi ao seu aposento. Walther desejou-lhe boa noite com um beijo na mão, e disse:

— Nobre senhora, agradeço-vos, posso imaginar-vos muito bem com o estranho pássaro e cuidando do pequeno *Strohmian*.

Também Walther recolheu-se, somente Eckbert continuou na sala, andando inquieto de um lado para outro.

— O ser humano é realmente um tolo! — desatou ele

a falar. – Primeiro, dou ensejo para que minha mulher narre sua história, e agora arrependo-me desse gesto de confiança! Não irá ele trair minha amizade? Não irá contar a outros o que ouviu? Não poderá, já que assim é a natureza humana, criar uma desditosa cobiça pelas nossas pedras preciosas e por isso imaginar planos e se dissimular?

Ocorreu-lhe que Walther não se despedira dele tão cordialmente como seria natural após uma confidência daquelas. Uma vez que a alma foi tomada de desconfiança, acaba também encontrando em cada detalhe uma confirmação. Por outro lado, havia momentos em que Eckbert se repreendia por nutrir uma suspeita tão vil contra seu bom amigo e, mesmo assim, não conseguia evitar de senti-la novamente. Durante a noite inteira debateu-se com esses pensamentos e dormiu bem pouco.

Bertha estava doente e não pôde comparecer para o café da manhã; Walther parecia não se preocupar muito com isso e inclusive despediu-se do cavaleiro com bastante indiferença. Eckbert não conseguia entender seu comportamento; foi ver sua esposa, que ardia em febre, e disse-lhe que ela devia estar extenuada por causa da narrativa da noite.

Desde aquela noite, as visitas de Walther ao burgo de seu amigo tornaram-se raras, e, quando acontecia de vir, logo partia outra vez após algumas palavras insignificantes. Esse comportamento mortificava Eckbert ao extremo, muito embora não demonstrasse nada para Bertha e Walther, mas ambos deviam estar percebendo nele sua agitação interior.

A doença de Bertha tornava-se cada vez mais preocupante; o médico meneava a cabeça; o rosado das faces dela desaparecera e seus olhos iam ficando cada vez mais febris. Certa manhã, mandou que chamassem seu esposo para junto de seu leito, as servas tiveram que se retirar.

— Amado esposo — começou —, preciso revelar-te algo que quase me custou o juízo e arruinou minha saúde, ainda que possa parecer em si um detalhe insignificante. Tu deves lembrar-te que sempre que narrava minha história eu não conseguia recordar, a despeito de todo esforço que fizesse, o nome do cãozinho com o qual convivi por tanto tempo. Naquela noite, quando Walther se despedia de mim, ele disse de repente: "Posso imaginar-vos muito bem cuidando do pequeno *Strohmian*". Será coincidência? Terá adivinhado o nome, ou terá feito a menção com algum propósito? E, nesse caso, que ligação haverá entre esse homem e meu destino? Por vezes digo a mim mesma que essa coincidência não passa de simples fruto de minha imaginação, mas isso é real, absolutamente real. Um pavor colossal apossou-se de mim no momento em que uma pessoa estranha auxiliou-me dessa forma com minhas recordações. O que dizes, Eckbert?

Eckbert contemplou sua esposa doente com profundo pesar; permaneceu em silêncio, pensativo, em seguida disse-lhe algumas palavras de consolo e deixou-a. Em um aposento afastado, ia de um lado a outro com uma agitação indescritível. Há muitos anos Walther vinha sendo o único a frequentar sua casa, e não obstante era a única pessoa no mundo cuja existência o oprimia e atormentava. Tinha a impressão de que haveria de se sentir aliviado e feliz se essa única criatura pudesse ser afastada de seu caminho. Tomou sua besta a fim de distrair-se e caçar.

Era um dia de inverno, sombrio e tempestuoso, e vasta camada de neve cobria as montanhas e vergava os ramos das árvores até o chão. Vagueou sem um destino certo, o suor cobria-lhe a testa, não encontrava nenhum animal selvagem e isso aumentava seu azedume. De súbito viu algo movendo-se a distância, era Walther coletando musgo das árvores; sem saber o que fazia, apontou a arma, Walther volveu-se, fez um gesto mudo de ameaça, mas nesse instante o dardo partiu e Walther tombou.

Eckbert sentiu-se aliviado e tranquilo, contudo, um calafrio incitou-o a retornar a seu burgo; tinha um longo caminho pela frente, pois percorrera uma grande distância a esmo pelas florestas adentro. Quando chegou, Bertha já havia falecido; antes de morrer ela ainda falara muito sobre Walther e a anciã.

Eckbert viveu então por longo período em profunda solidão; noutros tempos já costumava ser um pouco tristonho, pois a estranha história de sua esposa o inquietava, sempre temera que algum incidente funesto pudesse ocorrer; mas agora seu estado era de total desmoronamento interior. O assassinato de seu amigo pairava-lhe sem trégua diante dos olhos, ele vivia censurando-se interiormente.

Em busca de distração, às vezes dirigia-se até a cidade grande mais próxima onde comparecia a festas e reuniões sociais. Ansiava por algum amigo que preen-

LUDWIG TIECK

chesse o vazio em sua alma, mas bastava recordar-se de Walther e a palavra amigo o deixava em sobressalto; convencera-se de que inevitavelmente haveria de sofrer desventuras com quem quer que fosse seu amigo. Vivera por tanto tempo com Bertha em doce serenidade, a amizade de Walther por tantos anos trouxera-lhe contentamento, e agora ambos tinham sido ceifados de modo tão brusco que em alguns momentos sua vida mais lhe parecia um fabuloso conto de fadas do que uma existência real.

Um jovem cavaleiro, *Hugo von Wolfsberg*, procurou a companhia do calado e taciturno Eckbert e parecia sentir uma inclinação sincera por ele. Eckbert sentiu-se maravilhosamente surpreso, correspondeu à amizade do cavaleiro tanto mais rapidamente quanto menos havia contado com ela. Os dois passaram a ficar juntos com frequência, o desconhecido realizava toda sorte de obséquios para Eckbert, um já quase não saía mais a cavalo sem o outro, em todas as reuniões sociais eles se encontravam, enfim, os dois pareciam inseparáveis.

A alegria de Eckbert costumava durar apenas curtos momentos, pois ele tinha a nítida sensação de que a afeição de Hugo se devia tão somente a um engano: ele não o conhecia, não sabia sua história, e mais uma vez ele foi tomado por aquele mesmo anseio de revelar-se por completo a fim de poder certificar-se do quanto o outro era seu amigo. Dali a pouco, porém, seu intento era tolhido por escrúpulos e pelo temor de ser rejeitado. Havia momentos em que estava tão convencido de sua infâmia que acreditava que nenhuma pessoa poderia estimá-lo caso o conhecesse um pouco melhor. Entretanto, não pôde refrear-se; durante um solitário passeio a cavalo revelou a seu amigo toda sua história, perguntando-lhe em seguida se poderia sentir amizade por um assassino. Hugo ficou comovido e procurou consolá-lo; Eckbert acompanhou-o até a cidade com o coração aliviado.

Mas ele parecia estar amaldiçoado a ver nascer a suspeita sempre no momento da confidência, pois, mal haviam penetrado no salão, contemplou seu amigo quando iluminado pelas muitas velas, e sua expressão não lhe agradou. Acreditou perceber um sorriso pérfido, notou que só falava pouco com ele, que conversava bastante com os demais ao passo que a ele parecia ignorar. Encontrava-se ali na reunião um cavaleiro idoso que sempre se mostrara um adversário de Eckbert e sempre indagara de modo estranho sobre sua riqueza e sua esposa; a este juntou-se Hugo e ambos ficaram algum tempo conversando furtivamente e olhando para Eckbert. Este agora via sua suspeita confirmada, considerava-se traído, e uma cólera terrível apossou-se dele. Enquanto ainda mantinha os olhos fixos naquela direção, de repente avistou o semblante de Walther, todos os seus traços, toda sua figura, para ele tão familiar; continuava ainda olhando para lá e ficou convencido de que não era ninguém senão *Walther* quem conversava com o ancião. Seu horror foi indescritível; descontrolado, precipitou-se para fora, ainda nessa noite abandonou a cidade e retornou a seu burgo depois de errar o caminho várias vezes.

Qual um fantasma errante perambulou de aposento a aposento, seus pensamentos estavam em completo torvelinho, pensamentos terríveis eram sucedidos por outros ainda mais terríveis, e seus olhos foram totalmente abandonados pelo sono. Muitas vezes pensou que havia enlouquecido e que criava tudo aquilo em sua imaginação; em seguida os traços de Walther voltavam à sua memória e tudo lhe parecia cada vez mais enigmático. Decidiu sair em viagem a fim de colocar seus pensamentos outra vez em ordem; a ideia de ter um amigo, o desejo de companhia ele agora tinha abandonado para sempre.

Partiu sem estabelecer uma rota definida, aliás, mal contemplava as paisagens que se estendiam à sua frente. Quando já trotava com seu cavalo há alguns dias, viu-se de repente perdido em um labirinto de rochas que em parte alguma permitiam descobrir uma saída. Finalmente encontrou um velho camponês que lhe indicou um caminho que passava por uma cachoeira; quis dar-lhe algumas moedas em agradecimento, mas o camponês as recusou.

– Que importa? – disse Eckbert consigo mesmo. – Eu poderia acabar imaginando outra vez que ele é Walther!

E nisso volveu os olhos novamente para trás e era Walther! Eckbert esporeou seu corcel e correram tão rápido quanto este conseguia, atravessando campinas e bosques até que o animal desabasse embaixo dele. Sem se incomodar com isso, passou então a seguir sua viagem a pé.

Subiu absorto por uma colina; pareceu-lhe distinguir nas proximidades um latido alegre ao qual se misturava o sussurro de bétulas, e ouviu cantarem uma canção em tom singular:

> Doce solidão
> Do bosque, de novo que alegria.
> Sempre estou são,
> Aqui não mora ambição.
> Outra vez me delicia,
> Doce solidão.

Isto deu um golpe fatal na mente, no juízo de Eckbert; ele não conseguia encontrar a chave do enigma: estaria sonhando agora ou teria ele sonhado outrora com uma mulher chamada Bertha; as coisas mais fantásticas mesclavam-se às mais banais, o mundo ao seu redor estava enfeitiçado, e ele não era capaz de qualquer pensamento, qualquer recordação.

Uma anciã de costas vergadas caminhava devagar, subindo a colina com uma bengala e tossindo.

— Estás trazendo meu pássaro para mim? Minhas pérolas? Meu cão? — gritou ela dirigindo-se a Eckbert. — Vejas, a injúria causa seu próprio castigo: ninguém senão eu era o teu amigo Walther, teu Hugo.

— Deus do céu! — disse Eckbert de mansinho para si mesmo. — Em que tenebrosa solidão passei então minha vida!

— E Bertha era tua irmã.

Eckbert caiu ao chão.

— Por que ela me abandonou desse modo pérfido? Caso contrário tudo teria terminado bem e direito, seu tempo de provação já havia terminado. Ela era a filha de um cavaleiro que a entregou a um pastor para que a criasse, a filha de teu pai.

— Por que sempre pressenti essa terrível ideia? — exclamou Eckbert.

— Porque em tua infância mais tenra certa vez o ouvistes falando sobre isso: por causa da esposa ele não podia criar essa filha junto a si, pois era de outra mulher.

Eckbert jazia enlouquecido no chão e sua vida se esvaia; em tons surdos e emaranhados ouvia a anciã falando, o cão latindo e o pássaro repetindo sua canção.

Tradução de Karin Volobuef

A MONTANHA DAS RUNAS

UM JOVEM CAÇADOR sentava-se pensativo no seio mais profundo entre picos montanhosos, perto de uma revoada de pássaros, e na solidão se ouvia o murmúrio dos riachos e da mata. Ele refletia sobre seu destino, sobre como era bem jovem e como abandonara pai, mãe e terra natal e todos os amigos do vilarejo em busca de novas paragens, a fim de se afastar do círculo de acontecimentos habituais e sempre recorrentes. Erguia os olhos, como se estivesse ligeiramente surpreendido por se encontrar agora ali no vale ocupado dessa maneira. Grandes nuvens atravessavam o céu e se perdiam atrás das montanhas, passarinhos gorjeavam no meio da floresta e um eco lhes respondia ao longe. Desceu lentamente a encosta da montanha e sentou-se à margem de um regato que sussurrava espumando sobre seixos salientes. Ficou escutando a melodia ritmada da água e o marulhar parecia narrar-lhe mil prodígios através de palavras enigmáticas. O jovem não pôde deixar de sentir no íntimo uma grande tristeza por não compreender a mensagem cifrada das águas. Seu olhar vagou pelos arredores e ele teve consciência da própria felicidade e bem-aventurança. Assim, reuniu coragem e pôs-se a entoar em voz alta uma cantiga de caçador.

> Por entre rochas, airoso
> Vai à caça o jovem moço.

No meio da mata verde
Sua caça não se encerra,
Nem no escuro um tiro erra!

Late ruidosa a matilha
E se embrenha pela trilha.
Alto as cornetas retumbam
E corações valentes inundam.
Oh, que bela estação de caça!

Pendem as ramas frondosas
Às outonais brisas buliçosas
Da escarpada natureza.
Renas, cervos com destreza
Acertará bem no alvo!

Camponês renuncia à luta,
Marinheiro esquece a labuta.
Ninguém vislumbra a essa hora
Os olhos radiantes da Aurora
Que espalha o orvalho na relva

Senão quem a caça conhece
E à deusa Diana agradece.
Se a harmonia a alma invade
Um canto em enleio evade!
Ah, quão feliz é o caçador!

Enquanto ele cantava, o sol tinha descido ao horizonte e longas sombras tombavam perpendiculares pelo estreito vale. O frescor do crepúsculo se espraiava rente ao chão e agora somente os cimos das árvores, bem como os arredondados picos das montanhas refletiam dourados a luz da tarde.

LUDWIG TIECK

Cada vez mais melancólico, Christian não queria voltar-se para o bando de pássaros, tampouco desejava permanecer ali: sentiu sua alma cheia de solidão e ansiou pela companhia de pessoas. Então ele almejou os velhos livros que sempre vira na casa dos pais e nunca quisera ler, embora o pai o incentivasse; as reminiscências da infância lhe acorreram à lembrança, os jogos com as crianças do vilarejo, os rostos conhecidos, a escola que lhe fora tão opressiva, e ele teve vontade de retornar ao lugar que deixara voluntariamente a fim de tentar a sorte em terras distantes, nas montanhas, em meio a estranhos, numa ocupação diferente. Mesmo quando a escuridão se impôs, o murmúrio do riacho tornou-se mais ruidoso e as aves noturnas começaram a circular em todos os sentidos em voos aventurosos, ele se mantinha sentado, aborrecido e absorto em suas reflexões. Com gosto ele teria dado vazão às lágrimas, não sabia o que empreender ou por onde começar.

Sem pensar, puxou do solo uma raiz saliente e, de súbito, estremeceu ao ouvir de dentro da terra um surdo gemido que se prolongou em sons de choro se perdendo tristemente ao longe. Aquele pranto penetrou até o âmago de seu coração; o comoveu como se tivesse tocado sem querer a ferida na qual o sofrimento acompanha a agonia da natureza. Ele se levantou com um salto e quis fugir, pois com certeza já escutara certa feita a respeito das estranhas mandrágoras, que ao serem arrancadas produzem lamentos plangentes capazes de levar o homem à loucura com sua dor.

Quando fez menção de ir embora, viu atrás de si um forasteiro que o olhava amigavelmente e lhe perguntou para onde estava indo. Christian almejara companhia, no entanto, mais uma vez estremeceu constatando a presença do companheiro cordial. O homem repetiu a pergunta:

— Aonde você vai com essa pressa toda?

O jovem caçador procurou reaver seu espírito e explicou como a solidão de súbito lhe parecera terrível e ele quisera se pôr a salvo, a tarde estava tão escura, as sombras verdes das árvores tão lúgubres, o regato só rumorejava lamentos e as nuvens do céu atraíam sua saudade para além das montanhas.

O forasteiro disse:

— Você é ainda muito jovem, não pode ainda suportar a severidade da solidão; vou acompanhá-lo porque num raio de milha não há casa ou vilarejo, pelo caminho conversaremos e contaremos casos, dessa maneira você espantará os maus pensamentos. Em uma hora a lua surgirá por detrás dos montes, seu clarão sem dúvida iluminará também sua alma.

Os dois se puseram a caminho e o rapaz teve logo a impressão de que o estranho era um velho camarada.

— Como veio parar nessas montanhas? – perguntou o homem. – Ouvindo o seu sotaque, percebe-se que não é nativo.

Ao que o jovem respondeu:

— Ah, essa conversa poderia render muito, não vale a pena estender esse assunto. Fui atirado para fora do círculo de meus pais e familiares, deixei de ser senhor de mim mesmo, assim como o pássaro preso na arapuca em vão se alvoroça, minha alma se debatia num enredado de fantasias e desejos inexplicáveis.

Nós morávamos bem longe daqui, numa planície donde ao redor não se vê uma montanha, sequer uma colina. Árvores isoladas ornavam a extensão verdejante, mas de perto, campos, plantações férteis de cereais e jardins se estendiam a distância a perder de vista, e um largo rio refulgia como um espírito poderoso margeando campos e lavouras.

Meu pai era jardineiro do castelo e tinha a intenção de me educar para o ofício; ele amava as plantas e flores acima de tudo e era capaz de dedicar dias a fio aos seus cuidados e cautelas. Chegava a ponto de afirmar que quase se comunicava com as plantas, pois, dizia, se instruía pelo seu crescimento e prosperidade, bem como pela diversidade de formas e cores das folhagens.

Eu, por minha vez, sentia aversão pelo trabalho de jardinagem, e tanto mais quando meu pai procurava me persuadir ou obrigar-me através de ameaças. Queria me tornar pescador e cheguei a tentar, porém tampouco a vida na água não me convinha, então fui enviado a um comerciante na cidade, a quem também abandonei para retornar a casa paterna. Certo dia, porém, escutei meu pai falando da região montanhosa por onde viajara em sua juventude: das minas subterrâneas e seus mineiros, dos caçadores e seu ofício, e subitamente despertou em mim um desejo claro, o sentimento de ter, enfim, vislumbrado a vida para a qual fora predestinado.

Dia e noite eu sonhava e passava cismando sobre elevadas montanhas, precipícios e florestas de pinheiros; minha imaginação criava enormes rochedos, em pensamento eu ouvia o tumulto da caçada, as cornetas, o berreiro dos cães e da caça. Tudo isso correspondia aos meus sonhos e assim eu me via impedido de ter um instante de sossego ou de paz. A planície, o castelo, o pequeno e limitado jardim de papai com seus canteiros de flores bem alinhados, a morada medíocre e o céu que se estendia triste pela vastidão sem abraçar sublimes cumes de morros, tudo isso me oprimia e me angustiava. Eu estava convencido de que todos os meus próximos viviam na mais deplorável ignorância e compartilhariam comigo opiniões e impressões se sua alma por um segundo que fosse tivesse consciência dessa condição miserável. Portanto, continuei a vagar de um lado para o outro, até que numa bela manhã, tomei a resolução de deixar para sempre a casa de meus pais.

Num livro eu encontrara informações a respeito do grande maciço mais próximo com ilustrações de paisagens e, por conseguinte, planejei meu percurso. Era o começo da primavera, eu me sentia sereno e jovial. Apressei-me em sair o quanto antes da planície e numa tarde avistei diante de mim, lá longe no horizonte, os contornos sombrios da cordilheira. No albergue, mal pude dormir, tamanha era minha ansiedade por adentrar a região que eu considerava minha pátria: ao nascer do sol já estava de pé e novamente em marcha. Ao meio-dia eu me encontrava rodeado pelas montanhas bem-amadas e, meio inebriado, seguia o caminho, aqui e acolá me detendo por uns instantes, a fim de olhar para trás, encantado com a visão de tantos detalhes que me eram desconhecidos e ao mesmo tempo de algum modo familiares.

LUDWIG TIECK

Logo depois eu perdi completamente de vista a planície que ficara atrás de mim. Amplas florestas vinham ao meu encontro, carvalhos e faias, do alto de serras escarpadas, saudando-me com o farfalhar grave de suas folhas em movimento. Meu caminho me conduzia ao longo de precipícios vertiginosos, as montanhas azuladas se perfilavam ao horizonte, imensas e majestosas. Um mundo novo se descortinava ante meus olhos, eu não sentia um pingo de fadiga. Dessa maneira, ao cabo de alguns dias percorrendo grande parte daquele maciço, cheguei à casa de um velho caçador que aos meus instantes rogos consentiu em admitir-me e instruir-me na arte do ofício de caçador. Há três meses estou ao seu serviço.

Tomei posse da região onde deveria me estabelecer como de um reino: aprendi a conhecer cada rochedo, cada abismo da montanha. Eu estava eufórico de alegria no exercício do ofício: nas manhãs frias quando nós partíamos para a floresta, abatíamos árvores no bosque, eu praticava a mira e a carabina e adestrava os nossos fiéis companheiros, os cães, às suas habilidades. Agora estou instalado há oito dias nessas alturas, perto da revoada de pássaros, no local mais solitário da montanha e à tardinha abateu-me uma tristeza no coração como nunca sentira antes; tive a sensação de estar perdido e infeliz e desde então não consigo me recuperar desse funesto estado de ânimo.

O forasteiro escutara tudo atentamente. Agora eles atingiam uma clareira e os saudava amigavelmente a luz da lua que se mostrava crescente no alto dos picos, formas indefiníveis, massas espessas e separadas que a claridade pálida reunia em combinações enigmáticas. O maciço fendido espraiava-se ante ambos, ao fundo um pico mais elevado, sobre o qual ruínas antigas descompostas pelo tempo assumiam um aspecto sinistro à alva luminosidade.

— Nossos caminhos se bifurcam neste ponto — disse o homem. — Eu sigo por ali abaixo, ao lado do poço é minha morada; os metais são meus vizinhos, as águas da montanha me contam prodígios maravilhosos, no entanto você não pode me acompanhar. Mas dê uma olhada na Montanha das Runas com suas muralhas escarpadas, como os vetustos rochedos nos contemplam impassíveis e fascinantes! Você nunca esteve lá nos píncaros?

— Nunca! — respondeu o jovem Christian. — Certa vez, ouvi um velho caçador contar coisas esquisitas sobre essa montanha, mas fui sonso o bastante para esquecer o que ele falou. Lembro, porém, que naquela noite fiquei muito amedrontado. Eu gostaria de escalar aqueles picos um dia, pois as luzes devem ser mais brilhantes, a relva mais verdejante, o mundo em torno mais curioso. Calculo que se possa até encontrar uma ou outra maravilha de tempos passados.

— É bem provável — concordou o outro. — Quem sabe procurar o que a profunda intuição do peito almeja, esse encontrará naquelas alturas amigos e preciosidades de épocas remotas, enfim, tudo aquilo a que aspira ardentemente.

Com essas palavras, o velho desceu rápido sua trilha sem sequer se despedir de seu companheiro de viagem, e logo desapareceu entre as ramagens dos arbustos. Pouco depois, extinguiu-se também o tropel de seus passos.

O jovem caçador não se admirou nem um pouco, apenas apressou as passadas para o lado da Montanha das Runas, tudo o atraía naquela direção, as estrelas como que lhe indicavam a trilha a seguir, a lua com um facho de luminosidade mostrava as ruínas, nuvens resplandecentes migravam ao alto e do fundo dos vales as águas e as florestas murmurantes lhe insuflavam coragem. Era como se seus pés estivessem alados, seu peito palpitava, ele sentia uma alegria tão intensa em seu íntimo, a ponto de transformar-se em angústia. Alcançou regiões onde jamais estivera antes, os rochedos tornavam-se mais escarpados, o verde se esmaeceu, as paredes nuas o chamavam com vozes irritadiças, e um vento que talhava e plangia o fustigava de frente. Prosseguia apressado e sem repouso, e após meia-noite chegou a uma estreita vereda que continuava bem rente a um precipício.

Christian ignorou a profunda garganta escancarada que ameaçava engoli-lo, pois se sentia estimulado por fantasias confusas e desejos incompreensíveis. Agora o arriscado caminho o conduzia ao longo de uma elevada muralha que se erguia à altura das nuvens; o atalho se estreitava cada vez mais e o jovem precisava se segurar em pedras salientes a fim de não cair no imenso buraco. Finalmente, tornou-se impossível seguir adiante, a senda acabava sob uma janela, ele teve de parar sem saber agora se retornava ou permanecia imóvel.

De súbito, ele viu uma luz que parecia se mover por trás da velha murada. Fixou o olhar naquele brilho e percebeu distintamente um antigo e amplo salão cintilante aos reflexos produzidos por uma extraordinária tábua decorada com pedras e cristais diversos; esses reflexos se mexiam e se confundiam de maneira enigmática conforme se movimentava a luz portada por uma grande figura feminina que, imersa em reflexões, deambulava indo e vindo pelo salão.

Ela aparentemente não pertencia à espécie mortal devido aos membros fortes e ao semblante severo, todavia Christian estava encantado e certo de nunca ter visto ou imaginado formosura semelhante. O jovem tremeu e secretamente desejou que a mulher se aproximasse da janela e percebesse sua presença. Enfim ela estacou, pousou a luz sobre uma mesa de cristal, ergueu o olhar e cantou com voz penetrante:

> Onde os anciões se atêm
> Por que é que eles não vêm?
> Vejo cristais pendentes
> Das colunas de diamantes
> Fluem lágrimas como fontes
> De diáfana transparência.
> Ondulações em fluência,
> D'águas claras no interior
> Nascendo no bojo em fulgor:
> Que a alma aviva
> E o coração cativa.

> Almas aladas, venham!
> Ao salão dourado, venham!
> Ergam das trevas soturnas
> Refulgentes as cabeças!

De seus corações e espíritos
Sedentos de nostalgia
Jorrem luminosas lágrimas
Cálidas, plenas de alegria!

Pela diversidade de suas linhas, a tábua conformava um objeto bizarro e místico; de vez em quando o jovem era dolorosamente ofuscado pelos reflexos, mas em seguida as luzes verdes e azuis se mesclavam e abrandavam novamente as sensações. Ele permanecia tragando com olhos fixos todas as figurações que se apresentavam e ao mesmo tempo profundamente ensimesmado na contemplação. Em seu coração abrira-se uma caverna de imagens e harmonias plenas de ânsias voluptuosas, alegres tons alados e melodias tristes perpassavam sua alma infinitamente comovida. Christian percebia crescer dentro de si um mundo de dor, a esperança de miraculoso fortalecimento de fé e de altaneira consolação, largas torrentes de água escorriam céleres transportando em seu curso o peso da angústia.

Christian não reconhecia mais a si mesmo e assustou-se assim que a bela mulher abriu a janela e ofereceu-lhe a mágica placa de pedras, dizendo simplesmente: "leve em minha memória". Ao tocar o presente, ele sentiu a diáfana figura entranhando em seu ser, a iluminação, a resplendente beleza e o estranho salão tinham sumido. Algo como um véu de sombras obscureceu seu espírito, ele tentou se apegar aos sentimentos precedentes, aquele enlevo e o amor infindo, mirou a preciosa placa onde se refletia a lua esmaecida e pálida.

Ainda segurava firmemente a placa em suas mãos crispadas, quando rompeu a aurora, e então, exausto, exangue e meio adormecido, ele desceu precipitado a íngreme montanha. Sobre o rapaz sonolento, o sol incidiu em pleno rosto, e despertando aos poucos ele se encontrou no ponto mais elevado de uma agradável colina.

Christian errou os olhos pelas imediações e reconheceu ao longe atrás de si, quase invisíveis no horizonte, as ruínas da Montanha das Runas: procurou a placa e não a encontrou. Admirado e atordoado, quis concentrar-se e repor o fio de suas lembranças, no entanto, sua memória estava como que repleta de uma névoa espessa na qual se agitavam caóticas e indistintas figuras amorfas. A vida inteira se abria às suas costas como uma longínqua distância; o mais insólito e o mais banal se misturavam intimamente e era impossível discerni-los. Após uma discussão consigo mesmo, acabou por crer que um sonho ou uma repentina loucura o acometera na noite anterior. Entretanto, continuava a incógnita sobre o fato de estar perdido naquela região desconhecida e remota. Mal desperto ainda, desceu a colina e avistou uma trilha aberta que o conduzia da elevada colina a uma ampla planície.

Tudo lhe era estranho, a princípio ele supusera que se aproximava de sua terra natal, porém a região era extremamente diferente e, enfim, concluiu que deveria estar além da fronteira meridional da cordilheira, à qual ele ascendera na primavera pelo lado norte. Por volta do meio-dia, o rapaz se achou no meio de um vilarejo onde as cabanas enviavam em direção ao céu uma fumaça tranquila, crianças brincavam na relva verdejante de um adro solenemente decorado e dentro da capela ressoava o som do órgão e as vozes dos fiéis.

Tudo em torno agora o enchia de suave emoção, de indescritível melancolia, e ele não foi capaz de reprimir o choro. Os jardins estreitos, as modestas cabanas com suas chaminés fumegantes, os campos de grãos recentemente colhidos o lembravam das necessidades do pobre gênero humano, da dependência da terra generosa, em cuja bondade é mister confiar; ao mesmo tempo, o canto e a música do órgão envolveram seu coração com um sentimento de piedade que ele até então não experimentara. O incidente e os desejos noturnos se lhe afiguraram nesse momento vis e pecaminosos, ansiou ardentemente aproximar-se das pessoas, abraçá-las como irmãos num gesto puro e humilde, afastando-se dos sentimentos e intenções ímpios.

Atraente e sedutora lhe parecia a planície com o estreito regato que em meandros diversos se insinuava por entre campos e jardins; com temor ele lembrou a estada nos confins da montanha entre pedras solitárias, almejou poder residir naquele pacato vilarejo e imbuído desse anelo adentrou a igreja abarrotada.

O cântico terminara e o padre introduzira o sermão sobre as benesses divinas na colheita: como sua bondade propiciava alimento suficiente aos seres vivos, como os cereais proviam a conservação do gênero humano, como o amor de Deus se manifesta sem cessar no milagre do pão e o cristão piedoso pode, imbuído do fervor, celebrar perpetuamente a ceia sagrada. Os fiéis estavam recolhidos em oração, os olhos do caçador pousavam fixos no orador religioso, e atinaram bem ao lado do púlpito para uma moça jovem que mais que toda a assembleia se devotava à meditação.

Ela era esbelta e loira, em seus olhos azuis fulgurava a suavidade mais cativante, e no semblante floresciam translúcidos os mais delicados tons da tez. O jovem forasteiro nunca vivenciara semelhante experiência em seu coração, nunca se sentira pleno de amor e, desse modo, inebriado e entregue aos sentimentos mais doces e reconfortantes. Christian se inclinou chorando quando o padre finalmente deu a bênção; ouvindo as palavras sagradas foi invadido por uma potência invisível, e a visão noturna reprimida nas profundezas longínquas como um fantasma.

Christian deixou a capela, deteve-se sob uma frondosa tília e deu graças a Deus por intermédio de uma oração fervorosa, pelo fato de ter se livrado, embora sem merecer, das malhas do espírito maligno.

O vilarejo celebrava naquele dia a festa da colheita, e todos os habitantes do lugar mostravam-se animados e bem-humorados; as crianças se alegravam com as danças e os bolos, na praça central circundada por árvores jovens, os moços ultimavam os preparativos para a festa outonal, os menestréis se encontravam a postos e afinavam os instrumentos musicais.

Christian saiu ainda a vagar pelos campos, a fim de centrar seu espírito e seguir o rumo dos próprios pensamentos, depois retornou ao vilarejo para comemorar a festa em júbilo. A loira Elizabeth também estava presente com seus pais, e o recém-chegado se imiscuiu na folia jovial. Enquanto a moça dançava, o jovem enta-

LUDWIG TIECK

bulou uma conversa com o pai, que era arrendatário, um dos mais ricos moradores do lugar. A juventude e os modos do rapaz, ao que tudo indicava, o vinham agradando e, assim, em pouco tempo, eles entraram num acordo, e Christian foi admitido a serviço do homem, como jardineiro. O rapaz aceitou a incumbência, pois esperava que os conhecimentos e as atividades que tanto desprezara talvez lhe pudessem ser úteis nas atuais circunstâncias.

Uma nova existência se descortinava para Christian. Ele alojou-se na propriedade do patrão, e passou a ser considerado membro da família; com sua condição, mudaram também seus trajes. Ele era tão bom, amigável e disposto para o batente, que logo angariou a simpatia de todos da casa, principalmente da filha.

Sempre quando ele a via encaminhando-se à missa aos domingos, corria a lhe ofertar um pronto ramalhete de flores, pelo qual ela agradecia com amabilidade tímida; ele sentia a falta de Elizabeth nos dias em que não a via e então, à tarde, narrava-lhe contos e casos engraçados. Eles nutriam cada vez mais um forte apego mútuo e os pais, que vinham acompanhando o relacionamento, aparentemente não se opunham, pois Christian era o rapaz mais diligente e bem apessoado do povoado; eles próprios tinham sido tomados de amor e de confiança por ele desde o primeiro instante. Um ano mais tarde Christian e Elizabeth estavam casados. Mais uma vez chegara o outono, as andorinhas e os pássaros canoros retornavam à região, o jardim exalava sua belíssima florada, o casamento foi comemorado com toda a alegria, o noivo e a noiva estavam embriagados de felicidade.

Tarde da noite, a sós em seu quarto, a jovem esposa confessou ao marido:

— Não, você não corresponde à imagem que outrora em sonhos me encantou, e a quem eu nunca esqueci, contudo sou feliz em sua companhia e bem-aventurada em seus braços.

Que alegria para a família, quando ao cabo de um ano se viu aumentada com o nascimento da pequena filhinha que recebeu o nome Leonora. Por certo Christian se tornava às vezes bem sério observando a criança, mas sempre readquiria em seguida sua habitual jovialidade. Ele não pensava mais sobre sua existência anterior, pois se sentia aclimatado e satisfeito. Depois de alguns meses, entretanto, a imagem dos pais lhe assomava com frequência à lembrança, ele pensava no orgulho de ambos, sobretudo do pai, pelo seu plácido destino, sua condição de jardineiro e cidadão. Inquietou-se por ter abandonado completamente pai e mãe durante tanto tempo, o próprio bebê o fazia lembrar-se da alegria que os filhos representam aos pais, e em decorrência, resolveu enfim pôr-se a caminho a fim de visitar a terra natal.

Ressentido, ele deixou sua esposa; todos lhe desejaram boa sorte, e na bela estação ele iniciou a pé a peregrinação. Em poucas horas, percebeu como a separação dos entes queridos lhe era dolorosa, pela primeira vez na vida sentia a dor da separação. A paisagem estranha lhe parecia quase agressiva, teve a impressão de estar perdido em meio à solidão hostil. Então lhe sobrevinha a consciência de que a juventude passara, ele encontrara uma pátria à qual pertencia e onde seu coração deitara raízes; esteve a ponto de lamentar a negligência dos anos precedentes. Encontrava-se prostrado de tristeza quando entrou num albergue de vilarejo com a intenção de aí pernoitar. Ele não compreendia porque se afastara de sua amável esposa e dos novos pais que conquistara; de manhã, aborrecido e taciturno, pôs-se novamente a caminho, a fim de prosseguir viagem.

Sua angústia crescia à medida que se aproximava da montanha, as longínquas ruínas já se delineavam visíveis e se destacavam cada vez mais distintas, vários picos e elevações sobressaíam-se dentre a névoa azulada. Seu passo era hesitante, com frequência ele se detinha e se admirava do medo e dos arrepios que o acometiam mais intensos a cada passada.

— Eu a conheço bem, loucura! — exclamou Christian. — Mas quero resistir viril à sua fascinação perigosa. Elizabeth não é uma quimera, eu sei que ela agora está pensando em mim, esperando meu retorno e contando amorosamente as horas de minha ausência.

Não estou enxergando florestas com cabelos negros à minha frente? O regato não está me espiando com olhos cintilantes? Os grandes maciços montanhosos não estão caminhando ao meu encontro?

No momento em que dizia essas palavras ele fez menção de se jogar ao solo para repousar sob uma árvore, e foi quando viu assentado à sombra dela um homem velho que examinava uma flor com meticulosa atenção. Ora a erguia contra a luz do sol, ora a protegia com a mão, contava suas pétalas envidando visíveis esforços para imprimir exatamente seu aspecto na memória.

Ao se aproximar, Christian achou a figura familiar e logo não teve mais dúvidas de que o homem com a flor era seu pai. O moço precipitou-se nos braços do velho com a expressão da alegria mais ardente; o pai estava contente, mas não surpreso por revê-lo tão subitamente:

— Você está vindo ao meu encontro, filho? — perguntou o velho. — Eu sabia que nos encontraríamos em breve, contudo não podia imaginar que teria essa alegria hoje mesmo!

— Mas como o senhor previu minha chegada, pai?

— Graças a essa flor — respondeu o jardineiro. — Desde que me entendo por gente, venho sonhando poder vê-la um dia. Nunca consegui meu intento, porque é uma espécie muito rara e cresce somente em regiões montanhosas. Eu me pus a procurá-lo, depois da morte de sua mãe, pois a solidão em casa me sufocava e angustiava deveras. Não sabia que rumo tomar, finalmente, decidi cruzar através da montanha, por mais triste que se sucedesse a viagem. Andando a caminho, procurei a flor, porém não a achava em parte alguma. Eis que de repente me deparei com ela aqui no ponto onde a formosa planície começa a se estender. Por isso, eu deduzi então que o veria e, quem diria, a flor preciosa me predisse o porvir.

Eles se abraçaram novamente, e Christian chorou a perda da mãe, mas o pai tocou sua mão e propôs:

— Partamos, a fim de perder logo de vista as sombras das montanhas. Meu coração se oprime na presença das formações selvagens e escarpadas, com as terríveis crateras e os regatos gementes. Retomemos a direção da doce e familiar planície.

Os dois retomaram de volta o itinerário que Christian cumprira até ali, e o rapaz mostrava-se bastante satisfeito. Contou ao pai de sua alegria recente, da criança e da nova terra. Sua própria história o inebriava e enquanto contava tudo ao pai se convencia de que sua felicidade era completa. Assim, entre assuntos tristes e histórias pitorescas chegaram ao povoado. Todos exultaram ao ver a viagem finalizando tão cedo, sobretudo Elizabeth. O velho pai veio morar juntamente com eles, investiu seu modesto patrimônio no negócio; eles constituíam um círculo familiar dos mais harmônicos e unidos. O campo prosperava, o gado reproduzia, a casa de Christian converteu-se em alguns anos numa das mais consideráveis da localidade; além disso, ele logo se viu pai de várias crianças.

Cinco anos se passaram, quando um viajante estrangeiro se deteve no vilarejo e se estabeleceu na casa de Christian, pois era a de melhor aspecto no lugar. Era um homem amável e loquaz, que fazia longas digressões sobre suas viagens, brincava com as crianças, lhes oferecia presentes e conquistou a simpatia de todos. Sentiu-se bem na região, o que o levou a decidir por permanecer uns dias naquelas paragens, mas os dias se transformaram em semanas e, no final das contas, meses. Ninguém se surpreendeu com aquela estada prolongada, pois todos tinham se habituado a considerá-lo membro da família. Christian apenas se quedava uma vez ou outra pensativo, pois era como se outrora o viajante lhe tivesse sido familiar, entretanto não conseguia se recordar de nenhuma situação na qual poderia tê-lo conhecido. Três meses mais tarde, enfim, o forasteiro se despediu, dizendo:

— Queridos amigos, um destino fascinante e incríveis pressentimentos me atraem às regiões montanhosas próximas daqui, um encanto ao qual não posso resistir. Eu os deixarei agora e não sei se retornarei ao povoado. Trago uma elevada soma em dinheiro comigo, que ficará mais segura em suas mãos, por isso lhes peço que o guardem. Se eu não voltar dentro de um ano, então devem conservá-lo para si, tomem-no como presente de agradecimento pela demonstração de amizade.

Em seguida o estrangeiro partiu e Christian guardou o dinheiro. Ele o trancou com cautela, e de vez em quando, tomado de escrúpulo doentio, ia conferir se não estava faltando um pouco, e fazia muito caso daquilo.

— Esse dinheiro poderia assegurar nossa felicidade, disse certa ocasião ao pai. Se o forasteiro não retornar, nós e as crianças estaremos todos providos no futuro.

Mas o velho aconselhou:

— Deixe de pensar no ouro, filho. A felicidade não consiste nisso, graças a Deus nada nos faltou até hoje. Abandone definitivamente as ideias dessa natureza.

Durante a noite, Christian estava sempre se levantando a fim de acordar os homens para o trabalho, bem como de aviar uma providência ou outra. O pai se preocupava com aquele zelo excessivo que poderia prejudicar-lhe a juventude e a saúde, por isso, levantou-se numa noite, pensando em exortar o filho a limitar a dedicação. Para seu grande espanto, porém, encontrou o jovem sentado à mesa num recanto mal iluminado muito aplicado a contar as moedas de ouro.

Condoído, o velho disse:

– Meu filho, será que você perdeu o juízo de vez? Será que o vil metal só veio nos trazer desgraça? Tome tento, meu filho, caso contrário o inimigo maligno vai lhe sugar o sangue e a vida.

– É, eu mesmo não me entendo mais, não tenho sossego nem de dia, nem à noite. Veja como o dinheiro fica me espiando de soslaio com esse fulgor avermelhado se imiscuindo ao fundo do meu coração! Escute como tine o sangue do ouro! Eu o percebo me chamando quando durmo, ouço música ou o vento sopra, quando os passantes sussurram na rua. Quando o sol brilha, tudo que vejo são dourados olhos ofuscantes, querendo segredar-me ao ouvido palavras de amor; e na penumbra da noite, da mesma maneira, tenho de me levantar para satisfazer seu desejo de amor. Então sinto como ele internamente geme e suspira de prazer ao toque de meus dedos. Ele se torna mais rubro e maravilhoso de alegria: repare você mesmo na pujança do encantamento.

Tremendo e banhado em lágrimas, o velho pai tomou o filho nos braços, rezou, e disse em seguida:

– Christel, você precisa se voltar mais às palavras de Deus, ir à igreja com assiduidade e fervor, senão vai cair em perdição e se consumir na mais decadente miséria!

As moedas foram novamente guardadas, e o velho se tranquilizou. Já transcorrera mais de um ano desde a partida do estrangeiro, e ninguém tivera notícia de seu paradeiro. O velho então cedeu aos rogos do filho

e o dinheiro foi investido em terrenos e outras opera-
ções. No vilarejo a riqueza do jovem arrendatário provocou rumores e Christian parecia extraordinariamente
contente e realizado, de maneira que o pai estimou vê-
lo bem-sucedido: todo o medo da alma do pai se dis-
sipou. Qual não foi, portanto, seu assombro, quando
numa tarde Elizabeth o chamou a um canto e entre lágrimas confidenciou que não compreendia mais o comportamento do marido: o homem falava coisas confusas
num sono atormentado, vagando pelo quarto sem se
dar conta disso e contando fabulações prodigiosas que
provocavam nela calafrios de tanto horror. O mais assustador na história toda, contudo, era a jovialidade que
Christian demonstrava o dia inteiro, rindo cínico e insolente com um olhar ausente e alheio.

O pai se assustou e a esposa aflita continuou:

— Sem cessar ele fala do forasteiro e insiste em afirmar que o conhecera anteriormente, pois o sujeito na
verdade é uma mulher de beleza esplendente. Como
se isso não bastasse, ele não quer sair ao campo ou tra-
balhar no jardim, porque diz que ouve um dolente gemido subterrâneo tão logo arranca uma raiz. Treme
apavorado à visão de plantas ou de ervas, como se fossem fantasmas.

— Bondoso Deus! — gritou o velho pai. — Será que a
cobiça maldita dominou implacável o coração do meu
filho, perdendo-o para sempre? Terá o coração deixado
de ser humano para ser metal? Quando alguém não
ama mais uma flor é sinal de que perdeu o amor e a fé
em Deus!

LUDWIG TIECK

No dia seguinte, o pai fez uma caminhada com o filho e lhe repetiu as aflições de Elizabeth. Aconselhou-o à piedade, à devoção e à meditação religiosa. Christian respondeu:

— Eu o faria com muito gosto, pai, muitas vezes experimento um profundo bem-estar e tudo fica bem. Por longo tempo, anos a fio, consigo esquecer a verdadeira feição de minha natureza e levo com serenidade uma vida estrangeira. Mas então, de repente, qual uma nova face da lua, surge em mim o astro regente que sou eu mesmo e reprime a existência estrangeira. Eu poderia ser bem feliz, porém, certa vez, sucedeu numa noite estranha, da minha mão gravar no fundo de minha alma um sinal misterioso: com frequência a figura feiticeira dorme e repousa, creio ter-se esvaído completamente, todavia, como um veneno, ela de súbito mana vibrante, pulsa e se difunde. Com isso, a figura envolve meu pensamento e sentimento, transforma meu caráter, melhor dizendo, traga tudo em torno. Do mesmo modo como o louco é tomado de espanto ante a visão da água, e o veneno contido em seu corpo redobra o violento efeito, algo semelhante ocorre comigo à visão de figuras angulosas, linhas, raios, formas que estimulam e dão luz à feição íntima encerrada em meu seio. Meu espírito e meu corpo padecem a angústia. Tão logo a alma acolhe a angústia engendrada pelas imagens do exterior, ela a enfrenta imediatamente em meio a um embate tormentoso com a realidade, tentando recompor-se e readquirir a paz.

— É uma constelação infeliz — comentou o velho pai — essa que o arranca de nosso meio. Você nasceu para a vida pacata, um temperamento que se inclinava à calma e ao cultivo das plantas. A impaciência, entretanto, o levou longe ao convívio com os rochedos escarpados, as falésias cindidas; as formas angulosas perturbaram seu coração, insidiando-o à cobiça devastadora pelo metal. Antes você tivesse sempre se preservado e se guardado da influência espetacular das montanhas, era a maneira como eu tencionava educá-lo, mas não era para ser assim. A humildade e a paz de seu cândido espírito subsumiram ante a revolta, a aspereza e a presunção.

— Nada disso! — disse Christian. — Lembro-me perfeitamente como foi uma planta que primeiro me revelou o infortúnio de toda a terra, somente desde então compreendo os suspiros e gemidos provindos de todas as partes e perceptíveis pela natureza inteira, por menos que apure os ouvidos: em plantas, ervas, em flores e árvores pulsa e palpita dolorosamente uma única e grande ferida, elas são o cadáver de magníficas pedras de outrora; oferecem a nossos olhos a mais assustadora decomposição. Hoje eu entendo bem a mensagem que aquela raiz me enviava através do lamento proveniente das profundezas; em sua dor ela perdeu a consciência de si e me revelou tudo. Por isso toda a flora vicejante se irrita contra mim e quer sacrificar-me; quer apagar a figura bem-amada de meu coração e, a cada primavera tenta me cativar com fisionomia cadavérica. Ilícito e pérfido o modo como ela se apoderou de sua alma, meu pobre ancião, as plantas tomaram conta de seu coração. Pergunte às plantas, você se surpreenderá ouvindo-as falar.

O pai contemplou tristemente o filho e não encontrou argumentos para contradizê-lo. Ambos retornaram para a casa em silêncio, e o velho teve também de se horrorizar ante a jovialidade de Christian, pois era a expressão de uma natureza estranha, como se fora outra criatura desajeitada e mal enjambrada atuando e agindo de dentro do moço com autonomia.

Novamente se celebrava a festa da colheita, os fiéis se encaminhavam à capela, Elizabeth e as crianças se vestiam, a fim de assistir à missa. Christian também fazia os preparativos para acompanhá-la, mas à porta da igreja deu meia-volta e mergulhado em seus pensamentos, saiu do vilarejo. Assentou-se no cimo da colina e contemplou as redondezas como da primeira vez. Viu as chaminés fumegantes, ouviu o cântico e o som do órgão, vindos de dentro da capela; crianças com roupas domingueiras brincavam e corriam pela relva viçosa:

— Como dissipei minha vida com um sonho! — disse consigo mesmo. — Já se passaram anos desde que desci pela primeira vez a serra ao encontro das crianças; as que naquela ocasião faziam algazarra no adro, hoje estão lá dentro compenetradas. Eu entrei juntamente com elas no edifício, hoje, porém, Elizabeth não é mais uma moça na flor da idade, perdeu o viço da juventude, não posso mais como antes buscar ardoroso o brilho de seu olhar; negligenciei por descuido um bem elevado e eterno por um perecível e efêmero.

Invadido pela nostalgia, Christian se dirigiu à floresta próxima e se refugiou sob suas sombras mais espessas. Um silêncio lúgubre o circundava, nenhuma brisa movimentava a folhagem. Nesse ínterim, ele viu a distância um homem avançar em sua direção, e em seguida reconheceu o forasteiro. Um frêmito perpassoulhe rapidamente, logo lhe veio à mente que o outro poderia estar vindo reclamar a restituição do dinheiro. Quando a pessoa foi chegando mais perto, Christian entendeu a que ponto se equivocara, pois a silhueta que julgara perceber se desfigurou em si mesma. Era uma mulher velha de extrema feiúra que se aproximava, vestida em trapos imundos, um lenço esfarrapado prendia ralas cãs; ela mancava e se apoiava numa muleta. Com voz cavernosa, interpelou o jovem, perguntandolhe nome e condição. Ele respondeu detalhadamente, e por sua vez também quis saber:

— Mas quem é você?

— Me chamam de mulher da floresta, qualquer criancinha conhece minha história. Você nunca ouviu falar de mim?

A essas últimas palavras ela deu meia-volta e Christian acreditou reconhecer entre as árvores o véu dourado, o andar altaneiro, o corpo e a postura altivos. Quis alcançá-la, mas seus olhos a perderam de vista no lusco-fusco.

Nesse instante, um objeto fulgente caído à relva atraiu seu olhar. Abaixou-se para apanhá-lo e reviu a tábua encantada cravejada de pedras preciosas multicores em estranhas formações, a mesma que ele perdera há tantos anos. As figurações e as luzes coloridas surtiram efeito poderoso sobre todos os seus sentidos. Ele apertou o objeto com força, convencendo-se de que o tinha de novo em mãos e se precipitou ligeiro de volta ao vilarejo. Deparou-se com o pai e exclamou:

— Veja, pai, eis aquilo de que sempre lhe falava e julgava não ter visto, senão em sonho! Eu o possuo agora, ele é real e verdadeiro.

O velho pai considerou o objeto longamente e, por fim, disse:

— Meu filho, eu sinto um arrepio de terror no fundo do coração reparando semelhante alinhamento de pedras. E tenho um pressentimento sobre o desígnio da conjunção de tais luzes. Repare o brilho frio das pedras, o olhar cruel que lançam faiscante, sedento de sangue como dos rubros olhos do tigre. Atire para longe de si essa escrita que o faz frio e cruel, talvez ainda petrifique seu coração:

> As flores brotam viçosas
> Após um sono florescem,
> Tal qual criança em repouso
> Com brando sorriso, amanhecem.
>
> Alvor as cores matiza
> Fulgura em íris a tez,
> E as surpreende o astro
> Com um beijo, volúpia e avidez.
>
> Sob beijos desfalecem
> Penas e amores padecem
> Independente das cores,
> Entristecem, morrem de amores.
>
> Suprema alegria à flor
> Amofinar-se de dor
> Entregar-se exangue à morte
> Fenecer em doce sorte.

Então perfumes exalam
D'almas castas em folia
E os zéfiros rodopiam
Vento em mistério e magia.

Humano, o amor audaz,
É sutil nos artifícios!
Inspira langor atroz
D'alma dourada delírios:
Desejo, saudade, paixões.

— Incomensuráveis e maravilhosos tesouros — respondeu o filho — devem ainda existir no ventre da terra. Quem poderia achá-los, recolhê-los e possuí-los! Quem poderia abraçar a terra junto ao peito como uma esposa querida aspirando que, cheia de angústia e paixão, de bom grado lhe ofereça o que guarda de mais precioso em seu interior! A mulher da floresta me chamou, partirei à sua procura. Perto daqui há um filão de mina arruinado, cavado por um mineiro há séculos: talvez eu a encontre lá!

Saiu às pressas. Inutilmente o velho pai se esforçou para retê-lo, pouco depois, todavia, perdeu o moço de vista. Após algumas horas, com muita dificuldade, o velho chegou ao veio abandonado: viu as pegadas dos pés impregnadas na areia ao vão da entrada, e voltou em prantos para casa, convencido de que, dominado pela demência, o filho por ali adentrara e afundara nos poços abismais de água acumulada.

Desde então o velho pai afligiu-se sem cessar em torrentes de lágrimas. O vilarejo inteiro pranteou o jovem arrendatário, Elizabeth ficou inconsolável, as crianças lastimaram alto. Meio ano mais tarde o velho pai faleceu, os próprios pais dela o seguiram pouco tempo depois, e ela precisou tomar sozinha as rédeas do vultoso negócio. Graças ao volume de trabalho pôde evadir-se do padecimento; a educação dos filhos e a supervisão dos domínios não lhe davam tempo para remoer-se em dor e aflição. Ao fim de dois anos, ela decidiu finalmente casar-se e deu a mão a um homem jovem e disposto, que a amara desde a juventude.

Não demorou muito e tudo passou a transformar-se naquela casa. O gado amofinou, valetes e servos os atraiçoaram, cabanas de provisões foram destruídas pelo fogo, pessoas da cidade que lhes deviam dinheiro fugiram sem pagar as dívidas. Em decorrência dos desacertos, o mestre julgou apropriado vender alguns acres e campos, mas uma avalanche de bancarrotas e ruínas os colocou em novos apuros. A única explicação possível era que o dinheiro adquirido por meios prodigiosos buscava fluir em fuga alucinada vazando por todas as sendas.

Nesse entretempo o número de crianças aumentava, Elizabeth e o marido no desespero negligenciaram e se tornaram morosos. Ele procurou se distrair e começou a beber habitual e forte vinho que o deixava mal-humorado e irritado, de maneira que Elizabeth chorou lágrimas quentes e abundantes.

À medida que a sorte os abandonava, os amigos no vilarejo se esquivavam de sua companhia, e sucedeu então que alguns anos mais tarde se viram completamente isolados, sobrevivendo dia após dia em condições de extrema penúria. Não lhes sobraram mais que minguadas cabras e uma vaca, a qual Elizabeth vez ou outra guardava até mesmo junto das crianças.

Certa feita, ocupada na pradaria com um trabalho e amamentando um bebê, com Leonora a seu lado, ela divisou ao longe uma figura esquisita subindo em sua direção. Era um homem vestido com um gibão em frangalhos, descalço, o rosto moreno crestado pelo sol, que a barba estropiada contribuía para desfigurar ainda mais; não trazia a cabeça coberta, mas trançara ramos verdes por entre as madeixas, o que tornava mais estranho e incompreensível seu aspecto selvagem. Sobre as costas ele carregava num saco amarrado uma pesada carga, caminhava apoiando-se numa jovem pinha. Ao chegar mais perto depositou o fardo no chão e tomou fôlego arfando.

Ele desejou bom dia à mulher que estava assustada ante aquela visão inusitada; a menina se aninhou junto da mãe. Depois de um instante de repouso ele disse:

— Estou retornando agora de uma árdua peregrinação pelas montanhas mais selvagens da terra, mas em compensação trouxe comigo finalmente os tesouros preciosos que só a imaginação pode conceber ou o coração desejar. Veja aqui, admire!

Com isso ele desamarrou o saco e despejou seu conteúdo: era um monte de pedregulhos, entre os quais contavam grandes pedaços de quartzo, bem como escórias.

— Essas joias valiosas — prosseguiu ele — ainda nem foram cinzeladas e polidas, por isso lhes falta no momento o olho e o olhar; o fogo exterior com seu fulgor esconde-se incrustado no cerne, mas basta martelar a fim de inspirar medo e nenhuma dissimulação mais lhes servirá, e nisso é possível ver como são espíritos inocentes.

A essas palavras ele pegou uma pedra dura e a bateu com violência contra outra, de modo a provocar faíscas.

— Vocês viram a cintilação? — perguntou eufórico. — Essas pedras são puro fogo e luz, iluminam as trevas com seus sorrisos, no entanto nunca o fazem voluntariamente.

Depois disso, tornou a guardar tudo com cuidado no saco, que amarrou fortemente com um cordão.

— Eu a conheço bem, você é Elizabeth! — disse ele tristemente.

A mulher se surpreendeu.

— Como você sabe meu nome? — perguntou trêmula de presságios.

— Ah, Deus do céu! — respondeu o pobre homem. — Eu sou Christian, que numa ocasião chegou aqui como caçador, você não está me reconhecendo?

Tomada de pavor e profunda piedade, ela não sabia o que falar.

Christian lançou-se ao seu pescoço e a beijou.

— Ah, Santo Deus! Meu marido está vindo! — sobressaltou-se.

— Fique sossegada — tranquilizou-a —, eu estou praticamente morto; lá na floresta me aguarda a bela, a exuberante, enfeitada com um véu dourado. Ah! Aí está minha filha preferida, Leonora! Venha cá, minha cara, coração, dê-me um beijo, um único para que eu sinta ainda uma vez sua boca sobre meus lábios, em seguida irei embora.

Leonora chorava; apertava-se contra o corpo da mãe que entre soluços e lágrimas a aproximou do viajante. Ele a puxou para si, cingiu-a nos braços e a estreitou junto ao peito. Depois partiu em silêncio, e ao longe no meio da mata elas o viram conversar com a pavorosa mulher da floresta.

— O que há com vocês? — perguntou o marido de Elizabeth ao encontrar as duas debulhadas em lágrimas.

Ninguém quis responder.

Desde então, porém, o infeliz nunca mais foi visto.

Tradução de Maria Aparecida Barbosa

OS ELFOS

— Onde estará Marie, nossa filha? — perguntou o pai.

— Ela está lá fora no gramado — respondeu a mãe — brincando com o filho de nosso vizinho.

— Espero que não corram de lá e se percam — disse o pai com ansiedade —, eles são tão estouvados.

A mãe foi dar uma olhada nos pequenos e levar-lhes o lanche da tarde.

— Como está quente! — disse o menino, enquanto a menininha se servia avidamente das cerejas vermelhas.

— Tenham cuidado, crianças — disse a mãe —, e não se afastem muito da casa e nem entrem na floresta. Eu e o pai vamos para a lavoura.

O jovem Andres respondeu:

— Não vos preocupeis, pois temos medo da floresta e ficaremos aqui perto da casa onde há pessoas ao redor.

A mãe entrou de volta e pouco depois retornou em companhia do pai. Eles fecharam a casa e dirigiram-se ao campo para acompanhar o trabalho dos lavradores, e ao prado para ver como ia a colheita de feno. Sua casa ficava sobre um pequeno morro verde, cercada por uma delgada paliçada que circundava o pomar e o jardim florido. A aldeia estendia-se um pouco mais abaixo logo nas proximidades e, além dela, ficava o castelo do Conde. Martin tinha arrendado do fidalgo a grande propriedade, e vivia tranquilamente com a esposa e sua única filha. A cada ano conseguia guardar algum dinheiro, o que o levava a ter planos de tornar-se um homem rico, já que trabalhava bastante, o solo era produtivo e o conde não lhe cobrava em demasia.

Enquanto caminhava com a esposa pelos seus campos, alegremente lançou um olhar ao redor e disse:

— Como esta região é diferente, Brigitte, daquela onde vivíamos antes. Aqui tudo é tão verde, a aldeia inteira está repleta de árvores frutíferas, o chão é coberto de ervas vistosas e flores, todas as casas são alegres e asseadas, os habitantes prósperos, e até tenho a impressão de que as florestas aqui são mais garridas e o céu mais azul, e, até onde a vista alcança, tudo o que se vê enche os olhos e o coração de prazer e jovialidade, tamanha é a generosidade da natureza.

— E basta atravessarmos o rio — disse Brigitte — e já parece que estamos em outras terras, pois tudo lá é tão triste e árido. Todos os viajantes também confirmam que nossa aldeia é, de longe, a mais bonita em toda a redondeza.

— Exceto aquele barranco coberto de abetos — respondeu o homem. — Veja só como está tudo escuro e desolado nesse recanto afastado e como ele destoa da risonha paisagem em volta: atrás dos pinheiros escuros, uma cabana fuliginosa, as cocheiras arruinadas e o riacho correndo melancolicamente.

— É verdade — dizia a mulher enquanto ambos se detinham e observavam o panorama. — Basta alguém aproximar-se daquele lugar e já é tomado de tristeza e apreensão sem nem saber por quê. Quem são as pessoas que vivem ali? E por que se mantêm apartadas de toda a comunidade como se tivessem a consciência pesada?

— Pobre populacho — respondeu o jovem arrendatário. — A julgar pelas aparências, devem ser ciganos que realizam roubos e trapaças em outras cercanias e talvez aqui tenham seu esconderijo. Surpreende-me que o conde os tolere.

— Também é possível — afirmou a mulher com suavidade — que seja apenas gente pobre, com vergonha de sua pobreza, pois nunca ouvi falar de qualquer mal que tivessem praticado. O que incomoda é não comparecerem à igreja e ninguém saber de fato do que vivem, pois não cultivam nenhuma lavoura e é impossível que tirem seu sustento de sua pequena horta, totalmente abandonada.

— Só Deus sabe — continuou Martin enquanto voltavam a caminhar — a que tipo de negócio se dedicam, pois nenhuma pessoa os visita, o lugar onde vivem parece enfeitiçado e banido, e até os moleques mais curiosos não têm coragem de ir lá.

E assim foram conversando enquanto se dirigiam à lavoura.

Aquela área sombria da qual falavam ficava em um lugar um pouco mais retirado da aldeia. Em uma escarpa rodeada de abetos havia uma cabana e várias construções quase em ruínas, sendo raro aparecer fumaça subindo de lá, e mais raro ainda avistar alguém. De tempos em tempos, alguém mais indiscreto ousava aproximar-se um pouco mais, tendo avistado no banco defronte à cabana algumas mulheres repulsivas em trajes maltrapilhos, que carregavam no colo crianças igualmente feias e sujas. Cachorros pretos rondavam o lugar; nas horas após o escurecer, um homem mal-encarado que ninguém conhecia, atravessava a ponte do riacho e sumia cabana adentro; e mais tarde viam-se, em torno de uma fogueira, diferentes vultos que se moviam como sombras na escuridão. Aquele declive, os pinheiros e a cabana cheia de avarias sem dúvida contrastavam fortemente com a alegre paisagem verde, com as casas brancas da aldeia e com o magnífico castelo novo, criando um efeito dos mais estranhos.

As duas crianças tinham comido as frutas e agora começaram a apostar corrida para ver quem chegava primeiro, brincadeira em que a ágil e pequena Marie sempre conseguia compensar a dianteira de Andres, que era mais lento.

— Assim não é possível! — gritou ele por fim. — Vamos tentar uma corrida para mais longe; então veremos quem ganha!

— Como quiseres — disse a menina —, mas não podemos correr até as águas.

— Não — respondeu Andres —, mas naquela colina, a um quarto de hora daqui, está uma grande pereira. Vou correr por aqui, contornando pela esquerda o barranco de abetos; tu podes ir pelo campo à direita, e assim apenas nos reencontramos quando já estivermos lá em cima. Desse modo veremos quem é o melhor.

— Certo, — disse Marie, já começando a correr — assim também não nos estorvamos indo pelo mesmo caminho, e o pai sempre diz que a distância até a colina é igual, não importando se circundamos a morada dos ciganos por esta orla ou por aquela.

Andres já havia saído em disparada e Marie, que se dirigira para a direita, não conseguia mais avistá-lo.

"Como ele é tolo", disse consigo, "bastaria eu criar coragem e atravessar a ponte, passar pela cabana e sair do lado de lá, e assim eu certamente chegaria muito antes dele".

E no mesmo instante ela já estava em frente ao riacho e ao declive de abetos.

— Será que devo ir? Não, é horrível demais — disse ela.

Do lado de lá havia um cãozinho branco que começou a latir com todas as suas forças. Por causa do susto que levara, o animal lhe pareceu um monstro, e ela saltou para trás.

— Ai — ela disse —, agora o moleque com certeza já ganhou uma grande dianteira, e isso porque estou parada aqui sem me decidir.

O cachorrinho continuava latindo. Ao observá-lo com mais atenção, ele não mais lhe pareceu horrível mas, ao contrário, um bichinho muito mimoso: usava coleira vermelha, com um sino brilhante, e sempre que erguia a cabeça ou se movia ao latir, o sino soava de modo encantador.

— Preciso arriscar! — exclamou a pequena Marie. — Vou correr o mais ligeiro que puder, e então, rápido, rápido, já sairei do outro lado. Eles certamente não irão me engolir inteira!

Assim dizendo, a vivaz e corajosa criança saltou sobre a ponte, passou correndo pelo cachorrinho que ficou quieto e abanou a cauda, e logo tinha chegado ao fundo. Ali os abetos escuros ocultavam a visão da casa de seus pais e da paisagem circundante.

Quão surpresa ela ficou. Estava em meio a um jardim com flores coloridas e alegres. Tulipas, rosas e lírios brilhavam com as cores mais esplêndidas; borboletas azuis e vermelho-douradas balançavam-se nas flores; em gaiolas de arame lustroso pendiam das treliças pássaros multicores que entoavam canções adoráveis; crianças em túnicas brancas e curtas, os cabelos amarelos em cachos e olhos claros, saltavam de um lado a outro; algumas brincavam com pequenos cordeiros, outras alimentavam os pássaros ou colhiam flores e com elas se presenteavam mutuamente, ainda outras comiam cerejas, uvas e damascos avermelhados. Nenhuma cabana estava à vista, havendo, ao contrário, no centro da área uma casa bela e espaçosa com uma porta de bronze e cercada de altivas estátuas. A surpresa de Marie era tão grande que a deixou desnorteada. Mas como não era acanhada, logo foi até onde estava a primeira criança, ofereceu-lhe a mão e desejou-lhe dia bom.

— Então finalmente vieste nos visitar? — disse a esplendorosa criança. — Eu te vi correndo e saltando lá fora e o medo que tiveste de nosso cachorrinho.

— Vós absolutamente não pareceis ciganos e salafrários — afirmou Marie —, ao contrário do que Andres sempre dizia. Ele não passa de um ignorante que fica falando pelos cotovelos.

— Fica conosco — disse a fabulosa pequena — e decerto irás te divertir muito.

— Mas apostei uma corrida com Andres.

— Irás retornar para junto dele cedo o suficiente. Toma e prova isto!

Marie comeu, e as frutas lhe pareceram tão doces como nunca havia experimentado, e Andres, a corrida e a proibição de seus pais foram totalmente esquecidos.

Uma mulher de elevada estatura, usando um vestido fulgurante, aproximou-se delas, e perguntou sobre a criança estrangeira.

— Formosa dama, — disse Marie — cheguei aqui por acaso, e cá estão pedindo-me para ficar um pouco.

— Tu sabes, Zerina — disse a bela —, que isso pode ser concedido apenas por um tempo muito breve. E ainda assim deverias ter-me perguntado primeiro.

— Eu pensei — disse a criança reluzente — que, como já lhe fora permitido atravessar a ponte, eu poderia fazê-lo. Além disso, também a vimos muitas vezes correndo pelo campo e tu mesma te agradaste de sua vivacidade. E ela decerto terá de nos deixar em breve.

— Não, quero permanecer aqui — afirmou a estrangeira —, pois aqui é tão lindo, e aqui estão as melhores brincadeiras e também morangos e cerejas. Lá fora as coisas não são tão primorosas.

A mulher vestida de dourado afastou-se com um sorriso, e então muitas das crianças saltaram aos risos em volta da entusiasmada Marie, gracejaram e convidaram-na a dançar, outras traziam cordeiros ou brinquedos maravilhosos, outras cantavam enquanto tocavam instrumentos musicais. Ela preferiu, no entanto, ficar junto à companheira que primeiro tinha vindo ao seu encontro, pois era a mais gentil e afetuosa de todas. A pequena Marie repetiu muitas vezes:

– Quero sempre permanecer convosco e que sejais minhas irmãs.

O que levava todas as crianças a rir e a abraçá-la.

– Agora vamos brincar de um jogo muito bonito – Zerina disse.

Ela foi rapidamente até o palácio e retornou trazendo uma caixinha dourada contendo um pólen cintilante. Com os pequenos dedos apanhou um pouco do pó e espalhou alguns grãos sobre o chão verde. Imediatamente lá estavam relvas tão espessas que ondulavam rumorejantes; poucos momentos depois emergiram da terra roseiras deslumbrantes, que cresceram velozes e se encheram de botões e espalharam um doce aroma por todo o lugar. Também Marie pegou grãos de pó e, depois de espalhá-los, viu surgirem lírios brancos e cravos nas mais variadas cores. A um sinal de Zerina, as flores desapareceram novamente e outras apareceram em seu lugar.

– Agora – falou Zerina – prepara-te para algo maior.

Ela colocou duas sementes de pinheiro no chão, cobrindo-as de terra com os pés. Dois arbustos verdes estavam já diante delas.

– Segura-te em mim com força – ela disse, e Marie cingiu os braços em torno do seu delgado corpo.

Então sentiu-se erguida para cima, pois as árvores cresceram debaixo delas com enorme velocidade. Os altos pinheiros moviam-se e as duas crianças seguravam-se e trocavam beijos e abraços enquanto flutuavam para lá e para cá nas nuvens vermelhas do entardecer. Os demais pequenos escalavam com grande agi-

LUDWIG TIECK

lidade os troncos das árvores para cima e para abaixo, empurrando-se e brincando às gargalhadas quando se encontravam. Se na agitação uma das crianças despencasse lá de cima, ela voava pelos ares, abaixando lentamente e assentando-se sobre a terra em segurança. Por fim Marie sentiu medo; então a outra menina emitiu alguns sons, e as árvores afundaram novamente no chão com a mesma rapidez com que haviam subido até as nuvens.

Atravessaram a porta de bronze do palácio. Em um salão redondo estavam sentadas por toda parte muitas mulheres formosas, umas mais jovens e outras mais velhas, que saboreavam as mais doces frutas ao som encantador de uma música invisível. Na abóbada do teto estavam pintadas palmas, flores e folhagens pelas quais galgavam figuras infantis, balançando-se e assumindo posições graciosas. Conforme os sons da música, as imagens iam mudando e tingindo-se com as mais picantes cores: ora o verde e o azul ardiam em faíscas flamejantes, ora a luz dessas cores empalidecia-se retornando ao aspecto anterior; a púrpura chamejava e o ouro ateavase em fogo; então parecia que as crianças nuas nas guirlandas de flores realmente estavam vivas e inspiravam e soltavam o ar pelos lábios de rubi, e que de tempos em tempos ficava à mostra o brilho dos dentinhos alvos e os olhos azuis celestes piscavam.

Degraus de bronze conduziam do salão até uma vasta câmara subterrânea. Ali havia grandes montes de ouro e prata, em meio aos quais refulgiam pedras preciosas de todas as cores. Junto às paredes ficavam recipientes fabulosos que pareciam repletos de tesouros. O ouro estava trabalhado em múltiplas formas e tremeluzia em amistoso carmim. Muitos anõezinhos ocupavam-se separando as peças e colocando-as nos recipientes; outros, corcundas e de pernas tortas, com longos narizes rubros, carregavam pesados sacos, dobrando-se sob sua carga, tal como moleiros ao peso do cereal, e despejavam arquejantes os grãos de ouro no chão. Então saltavam desajeitados a torto e a direito, lançando-se atrás das esferas douradas que rolavam para todos os lados, prestes a se esconderem; e não era raro que o zelo dos anões fizesse uns derrubarem os outros, o que os levava a cair desengonçados no chão. Quando Marie riu de seus métodos e de sua feiura, fizeram caras rabugentas e lançaram olhares mal-humorados. Ao fundo, estava sentado um homenzinho velho e encurvado, a quem Zerina cumprimentou com grande deferência, e que apenas agradeceu com um grave aceno de cabeça. Segurava um cetro na mão e usava uma coroa sobre a cabeça, e todos os demais anões pareciam reconhecê-lo como seu senhor e obedecer aos sinais de sua mão.

– O que houve desta vez? – perguntou com aspecto ranzinza quando as crianças chegaram um pouco mais perto.

Marie estava com medo e permaneceu calada, mas sua companheira respondeu que elas apenas tinham vindo para dar uma olhada nas câmaras.

– A infantilidade de sempre! – disse o ancião. – Esse ócio nunca termina?

Em seguida, voltou-se novamente a suas atividades, mandando pesar o ouro e selecionar as peças, atri-

buindo incumbências a uns anões e repreendendo aspe-
ramente outros.

— Quem é esse senhor? — perguntou Marie.

— Nosso Príncipe dos Metais — respondeu a menina
enquanto saíam dali.

Pareciam estar novamente ao ar livre, pois se encontravam junto a um grande lago, contudo, não havia
sol e não podiam ver o céu acima de suas cabeças. Um
pequeno barco as recebeu, e Zerina remou com muito
afinco. A viagem foi rápida. Quando chegaram ao centro da lagoa, Marie viu que milhares de córregos, regatos e canais saíam do lago espalhando-se em todas as
direções.

— Estas águas à direita — disse a brilhante menina
— correm debaixo de vosso jardim; por isso tudo ali flo-
resce com tanto viço. Por aqui se chega ao grande rio
caudaloso.

Subitamente, emergindo de todos os canais e do
lago, inúmeras crianças vinham nadando. Muitas traziam grinaldas de lírios aquáticos e juncos, outras carregavam enfeites de coral vermelho, e ainda outras so-
pravam em conchas retorcidas. Um rumor confuso soava alegremente nas margens escuras. Entre os pequenos nadavam formosas mulheres e muitas vezes algumas crianças saltavam em direção a uma ou a outra,
dependurando-se aos beijos a seus pescoços e nucas. Todos cumprimentavam a forasteira. Após atravessarem
aquela balbúrdia, elas foram se afastando e enveredaram por um pequeno riacho, que ia se tornando mais e
mais estreito. Finalmente, o bote parou. Acenaram em
despedida e Zerina bateu no rochedo. Como se fosse

uma porta, ele se entreabriu, e uma figura feminina muito rosada ajudou-as a desembarcar. Zerina perguntou:

— Estão todos bem animados e vigorosos?

— Estão em plena atividade — respondeu aquela — e tão bem-dispostos como é de esperar, em especial porque o calor está realmente muito agradável.

Elas subiram por uma escada em espiral, e de repente Marie viu-se em um salão exuberante, tão iluminado que, ao entrar nele, seus olhos ficaram ofuscados pelo clarão da luz. Alfombras de cor escarlate cobriam as paredes de brasas purpúreas e, quando seus olhos se habituaram, vislumbrou com enorme espanto que na tapeçaria havia imagens dançando jubilosas e movendo-se para cima e para baixo, as quais tinham formas tão belas e eram tão graciosas que não poderia haver nada mais formoso: o corpo delas parecia de cristal avermelhado, dando a impressão de deixar entrever o sangue correndo e fluindo por ele. Aqueles seres riam para a criança estrangeira e cumprimentavamna com diferentes inflexões, mas quando Marie quis aproximar-se, Zerina de repente a puxou com força e exclamou:

— Tu te queimarás, Marie, pois é tudo fogo!

Marie sentiu o calor.

— Por que — perguntou ela — essas adoráveis criaturas não saem de lá e se juntam a nós para brincar?

— Assim como tu vives no ar — respondeu aquela —, elas precisam sempre permanecer no fogo e aqui fora acabariam perecendo. Olha como estão bem ali, como riem e soltam gritos de prazer. Aquelas lá embaixo são as que espalham rios de fogo por todos os recantos abaixo da terra, fazendo crescerem as flores, os frutos e o vinho. Esses córregos tintos acompanham as águas dos riachos, e assim as criaturas ígneas sempre têm bastante a fazer e ficam satisfeitas. Mas para ti está muito quente aqui, voltemos ao jardim.

Por ali a paisagem tinha-se transformado. O luar derramava-se sobre todas as flores, os pássaros estavam silenciosos e as crianças dormiam em grupos variados nos caramanchões verdes. Marie e sua amiga, porém, não sentiam cansaço e preferiram perambular pela noite quente de verão até o amanhecer, conversando sobre as mais variadas coisas.

Quando nasceu o dia, saciaram-se com frutas e leite, e Marie disse:

— Proponho agora algo diferente: que saiamos até os pinheiros e vejamos como está lá agora.

— Com prazer — disse Zerina. — Então poderás conhecer nossos guardas, que certamente irão agradar-te, e que ficam postados sobre as muralhas entre as árvores.

Foram caminhando pelos jardins floridos, pelos garbosos arvoredos repletos de rouxinóis, e depois sobre colinas com videiras. Finalmente, após acompanharem por longo tempo as curvas de um límpido riacho, chegaram aos abetos e ao declive que demarcava os limites da área.

— Como é possível — perguntou Marie — que tenhamos um percurso tão longo aqui dentro se o círculo lá fora é tão pequeno?

— Não sei o motivo — respondeu a amiga —, mas é assim que as coisas são.

Subiram até onde estavam os abetos sombrios, um vento frio que vinha de fora do barranco soprou em sua direção, e parecia haver uma névoa cobrindo a paisagem em torno por uma longa extensão. No alto achavam-se postados vultos de aparência extravagante, cujas faces cobertas de pó farinhento faziam lembrar das horripilantes cabeças de corujas brancas. Estavam envoltos com casacos peludos de lã e seguravam acima das cabeças guarda-sóis revestidos de peles estranhas. Com asas de morcego, que contrastavam de modo curioso com os roclós, eles farfalhavam e esvoaçavam sem parar.

— Estou com vontade de rir e contudo sinto horror — disse Marie.

— Estes são os nossos bons e dedicados guardas — explicou sua pequena companheira. — Eles ficam aqui a postos, fazendo soprar um golpe de ar frio que inspira medo e inexplicável aflição em quem quer que tente chegar perto de nós. Estão no momento cobertos dessa maneira, porque está chovendo e fazendo frio lá fora, o que não conseguem suportar. Lá embaixo nunca chega neve e vento, nem o ar frio, de modo que vivemos em eterna primavera e verão; mas se aqui em cima os guardas não fossem constantemente substituídos, não conseguiriam resistir.

— Mas, afinal, quem sois? — perguntou Marie enquanto desciam de volta ao local de onde emanava o aroma das flores. — Ou será possível que vós não tendes um nome, pelo qual possam ser conhecidos?

LUDWIG TIECK

— Somos chamados de elfos — disse a gentil criança. | **97**
— E no mundo contam-se histórias sobre nós, eu própria já as ouvi.

Sobre a planície elevou-se uma grande balbúrdia.

— A ave formosa acaba de chegar! — clamavam as crianças, e todos acorriam ao salão.

Já de longe viam como na soleira se apinhavam jovens e idosos, todos exultantes, e de dentro soava uma música festiva. Entraram e viram a grande circunferência repleta de silhuetas das mais variadas, e todos acompanhavam com o olhar um grande pássaro de resplandecente plumagem que lentamente voava em círculos rente à abóbada. A música ecoava ainda mais alegre do que o habitual, as cores e luzes alteravam-se com maior rapidez. Por fim, a música silenciou, e o pássaro foi pousar sobre uma suntuosa coroa que flutuava debaixo de uma janela que de cima iluminava a abóbada. A plumagem da ave era púrpura e verde, sendo trespassada por luzentes listras douradas; sobre sua cabeça havia um diadema formado de diminutas penas tão radiantes que brilhavam como pedras preciosas. O bico era vermelho e as pernas azuis cintilantes. Conforme se movia, todas as cores piscavam embaralhando-se, fascinando quem o olhava. Seu tamanho era o de uma águia. Mas logo ele abriu o bico reluzente e uma melodia extremamente doce e cheia de emoção brotou de seu peito, em tons mais belos do que os de um rouxinol inebriado de amor. Mais poderoso tornou-se seu canto, derramando-se para todos os lados como raios de luz, fazendo com que todos, inclusive as próprias crianças em idade mais tenra, chorassem de alegria e encanto.

Quando terminou, todos se curvaram diante dele. Voou novamente em círculos pelo salão, arrojou-se pela porta afora e ruflou contra a claridade do céu, onde logo se tornou um brilhante ponto vermelho. Por fim, sumiu.

— Por que todos vós estais tão contentes? — perguntou Marie e inclinou-se em direção da bela criança que hoje lhe parecia ser menor do que ontem.

— O rei está chegando! — disse a pequena. — Muitos de nós ainda não o viram; e para onde quer que vá, ele leva alegria e bem-aventurança. Há tempos tínhamos a esperança de que viesse. Ansiávamos com fervor ainda maior do que o vosso, quando, após um longo inverno, aguardais a primavera; e agora ele nos anunciou sua chegada por meio daquele belo mensageiro. Este pássaro magnífico e inteligente, que serve ao rei como emissário, é chamado de fênix. Ele vive longe, na Arábia, sobre uma árvore que só existe uma única vez no mundo, assim como também não há uma segunda fênix. Quando sente que está envelhecido, reúne bálsamo e incenso e forma com eles um ninho, incendeia-o e nele queima a si mesmo. Ele vai entoando um canto até morrer, e das perfumadas cinzas ergue-se a fênix rejuvenescida e com renovada beleza. É raro ele voar onde possa ser visto, e quando isso acontece, de séculos em séculos, elas anotam o sucedido em livros de memórias, e ficam no aguardo de algum evento fabuloso. Mas agora, minha amiga, é chegada a hora de partires, pois não te é permitido avistar o rei.

Por entre a multidão vinha se aproximando a formosa mulher vestida de dourado. Com um aceno, chamou Marie para junto de si e levou-a até um alpendre isolado.

— Tens de nos deixar, criança amada — disse ela. — O rei deseja estabelecer sua corte aqui por vinte anos, talvez mais. De agora em diante, abundância e prosperidade irão espalhar-se sobre uma vasta paisagem ao redor, mas em especial aqui nas imediações. Todas as fontes e riachos tornar-se-ão mais generosos, mais fecundosos os campos e jardins, o vinho mais nobre, os prados mais espessos e a floresta mais verdejante e fresca. O sopro da brisa será mais suave, nenhum granizo causará danos, não haverá ameaça de inundação. Toma este anel e lembra-te de nós. Mas atenção: jamais conta a ninguém sobre nossa existência, caso contrário, seremos obrigados a fugir daqui. E então todos à volta, assim como tu, seriam privados da fertilidade e bem-aventurança que propiciamos. Beija mais uma vez a tua companheira de brinquedos e diga adeus.

Elas saíram do alpendre. Zerina chorou, Marie curvou-se para abraçá-la, e elas se separaram. Imediatamente Marie já se encontrou sobre a ponte estreita, um ar gélido soprava atrás dela vindo dos abetos, o cãozinho latiu carinhosamente fazendo soar seu sininho. Ela ainda olhou para trás, mas logo correu para o espaço aberto, pois a escuridão dos pinheiros, a fuligem da cabana em ruínas e as sombras do crepúsculo infundiram-lhe temor e insegurança.

"Como meus pais devem ter se preocupado comigo nesta noite!", disse a si mesma quando alcançou a lavoura. "E eu sequer posso contar-lhes onde estive e o que avistei; e, a bem da verdade, jamais acreditariam em mim."

Dois homens passaram por ela e a cumprimentaram, e ela ouviu como um deles dizia:

— Que formosa mocinha! De onde ela será?

Com passos mais apressados foi aproximando-se da casa dos pais, mas as árvores, ontem carregadas de frutos, hoje estavam estéreis e sem folhas, a casa havia sido pintada de maneira diferente, e um novo celeiro fora construído ao lado dela. Marie estava tomada de assombro, acreditando que era tudo um sonho. Confusa, abriu a porta da casa; junto à mesa estava sentado seu pai, entre uma mulher desconhecida e um rapaz estranho.

— Meu Deus, pai! — exclamou ela. — Onde está a mãe?

— Mãe? — disse a mulher tomada de pressentimento, e ergueu-se de forma brusca. — Ai! Será que tu és... Sim, sim, com certeza és Marie, nossa única e amada Marie, que se perdera e que julgávamos morta!

Ela imediatamente a havia reconhecido por um pequeno sinal marrom sob o queixo, pelos olhos e pelo seu porte. Todos a abraçaram, todos estavam comovidos e felizes, e os pais derramaram lágrimas. Marie ficou surpreendida por quase alcançar a mesma estatura do pai, não podia entender como a mãe pudera mudar e envelhecer tanto, e perguntou o nome do rapaz.

— Ora, este é o filho de nosso vizinho, Andres — disse Martin. — Como afinal retornaste de forma tão inesperada após sete longos anos? Onde estiveste? Por que nunca mandaste notícias?

– Sete anos? – perguntou Marie, sem conseguir ordenar suas ideias e memória – Sete anos inteiros?

– Sim, isso mesmo! – disse Andres rindo e apertou-lhe a mão calorosamente. – Eu ganhei a aposta, querida Marie: há sete anos alcancei primeiro a pereira e já retornei para cá, enquanto tu, que és a mais lenta, só chegaste hoje!

Continuaram fazendo-lhe perguntas e insistindo para que contasse o que houve, mas ela, sabendo da proibição, não pôde responder. Aos poucos, eles próprios foram moldando e colocando em sua boca a história de que ela se perdera, subira em uma carroça que passava, fora levada a um lugar desconhecido, não pudera informar às pessoas de lá onde seus pais moravam, pouco depois fora conduzida a uma cidade muito distante em que gente bondosa a criou e amou; e, tendo essas pessoas agora morrido, ela finalmente voltou a pensar em sua terra natal, tinha aproveitado uma oportunidade de viajar e assim conseguido retornar.

– Não importa o que aconteceu! – exclamou a mãe. – Importa apenas que a tenhamos de volta, minha filhinha. Minha única filha, que é tudo para mim!

Andres ficou até a ceia, e Marie ainda estava desnorteada. A casa parecia-lhe pequena e escura, suas roupas eram asseadas e simples, mas pareciam-lhe totalmente estranhas. Ela olhou para o anel de ouro em seu dedo, que faiscava de maneira fabulosa e trazia engastada uma pedra rubra como brasa. Quanto o pai lhe perguntou, respondeu que o anel também fora um presente de seus benfeitores.

Ansiava pelo sono e logo foi recolher-se. Na manhã seguinte, sentiu-se mais serena, suas ideias estavam mais bem ordenadas, e agora podia conversar e dar respostas ao povo da aldeia, pois todos vieram cumprimentá-la. Andres já estava de volta logo que os primeiros chegaram, e mostrava-se muito atencioso, feliz e prestativo. A menina em flor, com seus quinze anos, tinha-lhe causado uma profunda impressão, e ele passara a noite em claro. O conde chamou Marie ao castelo, onde ela mais uma vez repetiu sua história, que agora já lhe era corrente. O velho senhor e sua cortês esposa admiraram sua boa educação, pois ela era modesta sem ser acanhada, respondia a todas as perguntas com polidez e sabia expressar-se muito bem. Ela perdera o receio diante de pessoas e ambientes requintados, pois quando comparava estas salas e figuras com as maravilhas e a sobranceira beleza que presenciara na residência secreta dos elfos, o esplendor terreno afigurava-se-lhe opaco e as pessoas quase pequenas. Os cavalheiros jovens ficaram especialmente encantados por sua beleza.

Era fevereiro. As árvores cobriram-se de folhagem mais cedo do que nunca, o rouxinol apareceu com uma precisão inusitada, a primavera esparramou-se pelas terras com um vigor como até os mais idosos ainda não tinham visto. Por toda parte surgiam pequenos arroios que regavam os campos e pradarias; as colinas pareciam estar ficando mais elevadas, as videiras cresciam mais fortes, as árvores frutíferas floresceram como jamais o tinham feito, e uma bênção intumescida de aromas pendia sobre a paisagem em uma pesada nuvem florida. Tudo germinava além do esperado, nenhum dia era penoso, nenhuma tempestade danificava as frutas, o vinho avolumava-se enrubescido em enormes cachos de uvas, e os habitantes da aldeia manifestavam uns aos outros sua estupefação e sentiam-se como envoltos por um doce sonho. O ano seguinte foi igual, mas todos já estavam mais habituados aos prodígios. No outono Marie aquiesceu aos rogos de Andres e de seus pais: tornou-se sua noiva e no inverno com ele se casou.

Muitas vezes ela se recordava com profunda saudade de sua visita atrás dos pinheiros e então ficava séria e em silêncio. Ainda que tudo à sua volta fosse tão lindo, ela conhecera uma beleza ainda maior, de modo que um luto manso envolveu seu ser numa suave melancolia. Era-lhe doloroso ouvir seu pai ou o esposo falando dos ciganos e mandriões que moravam no sombrio barranco. Frequentemente tinha ímpetos de defender aqueles que sabia serem os benfeitores de toda a redondeza, em especial frente a Andres, que parecia lançar suas reprimendas com exaltada sofreguidão, mas refreava as palavras, trancando-as em seu peito. Assim passou-se um ano, e o seguinte foi alegrado pela chegada de uma filhinha, que chamou de Elfriede,[1] como recordação dos elfos.

O jovem casal vivia com Martin e Brigitte na mesma casa, que era suficientemente espaçosa, e ajudavam os pais a conduzir os trabalhos, que se haviam multiplicado. A pequena Elfriede em breve demonstrou ser dotada de habilidades e propensões incomuns,

---

[1] O nome Elfriede reúne os termos *Elf* (elfo) e *Frieden* (paz; amizade), podendo significar "amiga dos elfos" ou "aquela que mantém a paz com os elfos".

pois aprendeu a andar muito cedo, e já sabia falar quando ainda não tinha um ano de idade. Depois de alguns anos era tão inteligente e ponderada, e de uma beleza tão prodigiosa, que todas as pessoas a contemplavam maravilhadas, e a mãe não conseguia conter a impressão de que ela se parecia com aquelas crianças esplendorosas do barranco de abetos. Elfriede não gostava da companhia de outras crianças, evitando, e inclusive temendo, suas brincadeiras ruidosas, e preferindo ficar sozinha. Ela costumava retirar-se para um canto do jardim, onde lia ou diligentemente fazia pequenos trabalhos de costura. Também era usual que ficasse sentada profundamente absorta em si mesma, ou andasse energicamente de um lado a outro falando sozinha. Seus pais não se incomodavam com isso, pois ela era saudável e se desenvolvia muito bem, embora às vezes ficassem preocupados com as respostas e sensatas observações que fazia.

— Crianças assim tão inteligentes — repetia a avó Brigitte — não vivem muito. Elas são boas demais para este mundo. Fora isso, a beleza desta criança vai além da natureza, e ela não conseguirá encontrar seu lugar nesta Terra.

A menina tinha a peculiaridade de só deixar-se servir com muita má vontade, dando preferência a fazer tudo ela mesma. Quase sempre era a primeira a acordar de manhã, e então lavava-se cuidadosamente e vestia-se sozinha. Do mesmo modo era meticulosa à noite, insistindo em guardar por si mesma seus vestidos e demais roupas, e não admitindo que absolutamente ninguém, nem mesmo sua mãe, arrumasse suas coisas. A mãe aceitava tais teimosias porque não imaginava que tivessem qualquer significado, mas quão surpresa ficou, quando em um dia de festa, ao se prepararem para uma visita ao castelo, trocou sua roupa à força, não obstante os gritos e lágrimas da menina, e se deparou com uma moeda de ouro de formato incomum suspensa por um cordão em torno de seu pescoço. De imediato reconheceu a moeda, idêntica àquelas que vira em grande quantidade na câmara subterrânea. A criança estava muito assustada, acabando por confessar que a encontrou no jardim, que gostara muito dela e por isso a guardara com tamanho cuidado. A seguir, pediu com tanta insistência e emoção, que Marie voltou a pendurá-la no lugar de antes. Esta, mergulhada em pensamentos e sem dizer palavra, subiu então com ela para o castelo.

Na lateral da casa dos arrendatários ficavam alguns abrigos destinados ao armazenamento de frutas e das ferramentas usadas na lavoura, e atrás deles estendia-se um gramado com um velho pavilhão que fora abandonado após a instalação das novas construções, por ficar distante demais do pomar. Aquele lugar solitário era o preferido de Elfriede, e a ninguém ocorria a ideia de importuná-la ali, de modo que os pais frequentemente só a viam em uma das metades do dia. Certa tarde, a mãe estava nos abrigos para arrumá-los e recuperar um objeto perdido, quando percebeu que um raio de luz estava entrando por uma fenda na parede. Pensou em olhar pela fresta para observar sua filha, e aconteceu de haver ali uma pedra solta que podia ser empurrada para o lado, permitindo-lhe ver exatamente o interior do pavilhão. Elfriede estava sentada sobre um banquinho, e ao seu lado estava a já conhecida Zerina, e as duas crianças brincavam e se divertiam em adorável harmonia. A elfa abraçou a linda criança e lhe disse com tristeza:

— Ah, querida menina, tal como agora brinco contigo eu já brinquei com tua mãe, quando ela era pequena e nos visitou, mas os seres humanos crescem muito rápido e logo ficam grandes e racionais. Isso realmente é desolador: quisera que permanecesses uma criança por tanto tempo quanto eu!

— Com muito prazer eu faria isso — disse Elfriede —, mas todos dizem que sou precoce e tenho disposição para em breve já ser adulta e abandonar as brincadeiras. Então eu também não te veria mais, Zerina! Ah, é o mesmo que sucede às flores: como é esplêndida a macieira quando seus inchados botões avermelhados estão se abrindo em flor! Nessa época a árvore parece tão imensa e soberba, e todos que a veem têm a expectativa de algo grandioso. Mas então vem o sol, a flor abre-se com muita delicadeza, e logo já aparece por baixo o caroço malvado que depois afasta e arranca as coloridas e elegantes vestes; amedrontado, não consegue impedir seu crescimento, e no outono transforma-se em fruta. Certamente uma maçã também é bela e apetitosa, mas não é comparável à flor da primavera. O mesmo dá-se com as pessoas. Não me agrada a ideia de me tornar uma moça grande. Ah, se pudesse visitar-vos uma única vez!

— Desde que o rei mora conosco — disse Zerina —, isso é totalmente impossível. Mas, minha querida, eu venho ver-te com grande frequência, e ninguém me vê, ninguém sabe de nada, nem aqui nem lá. Sem ser vista, atravesso os ares, ou passo voando na forma de passarinho... Oh, nós ainda estaremos juntas por bastante tempo, enquanto fores pequena. O que posso fazer para agradar-te?

— Deves amar-me com muito afeto — disse Elfriede —, com tanto afeto quanto eu trago em meu coração. Mas façamos outra vez uma rosa.

Zerina tirou a conhecida caixinha do seio, jogou ao chão dois grãos e, de repente, lá estava diante delas um arbusto verde com duas rosas escarlates, as quais pendiam uma em direção da outra e pareciam beijar-se. Rindo, as crianças arrancaram as rosas, o que fez o arbusto desaparecer novamente.

— Quisera — exclamou Elfriede — que essa rubra criança, esse milagre da terra não morresse tão rápido.

— Dá-me a rosa! — disse a pequena elfa.

Por três vezes Zerina exalou sobre o botão, e beijou-o três vezes.

— Agora — disse, devolvendo a flor — ela permanecerá fresca e aberta em flor até o inverno.

— Irei guardá-la como se fosse uma imagem tua — disse Elfriede —, mantendo-a bem protegida em meu quartinho, e vou beijá-la todas as manhãs e noites, como se fosses tu.

— O sol já está se pondo — disse aquela —, devo retornar para casa agora.

Então elas se abraçaram mais uma vez, e Zerina desapareceu.

À noite, Marie tomou sua filha nos braços com um

sentimento de dor e reverência. Passou a dar à adorável menina ainda maior liberdade do que antes, e muitas vezes apaziguava seu esposo quando ele procurava pela criança, o que vinha fazendo agora com maior frequência, pois não gostava da reclusão da menina e temia que esse hábito a tornasse simplória ou até estúpida. Sorrateira, a mãe foi mais vezes até a fresta na parede, e quase sempre presenciava a pequena elfa brilhante sentada ao lado de sua filha, ocupada em brincadeiras, ou em conversas sérias.

– Tu gostarias de poder voar? – Zerina perguntou uma vez a sua amiga.

– Com que alegria! – exclamou Elfriede.

Imediatamente a fada enlaçou a mortal, e flutuou com ela elevando-se acima do chão até o telhado do pavilhão. Em sua preocupação, a assustada mãe esqueceu sua cautela e inclinou-se com a cabeça para fora para acompanhá-las com o olhar. Do alto, Zerina ergueu o dedo em sinal de ameaça, mas sorriu. Desceu novamente com a criança, abraçou-a, e desapareceu. Mais tarde voltou a repetir-se que Marie fosse vista pela criança prodigiosa, a qual sempre balançava com a cabeça ou ameaçava, mas com um gesto afável.

Em diversas ocasiões também já havia sucedido de Marie dizer ao marido durante uma discussão:

– Estas sendo injusto com as pessoas pobres na cabana!

Quando então Andres insistia em saber por que ela tinha uma opinião diferente de todas as pessoas na aldeia e inclusive contrária à do próprio Conde, ela emudecia e ficava encabulada. Certo dia, após o almoço, Andres mostrou-se especialmente severo, afirmando que os vadios deveriam ser declarados nocivos ao condado e expulsos de lá. Ela, em sua indignação, exclamou:

— Cala-te, pois eles são teus benfeitores e de todos nós!

— Benfeitores? — perguntou Andres com surpresa. — Esses andarilhos?

Em sua fúria, cedeu à insistência dele e, fazendo-o prometer absoluta discrição, contou-lhe a história de sua infância. Como a cada palavra ele ia se tornando cada vez mais incrédulo e zombeteiramente balançava com a cabeça, ela o tomou pela mão e conduziu-o até o recinto de onde ele pôde avistar, muito surpreso, como a elfa brincava com sua filha no pavilhão e a acariciava. Ele estava totalmente atônito. Uma exclamação de assombro escapou-lhe. Zerina levantou os olhos, de imediato empalideceu e começou a tremer fortemente. Fez o gesto ameaçador, não de forma amável, mas com expressão zangada, e disse então para Elfriede:

— Não tens culpa, coração amado, mas eles nunca ganham em sabedoria, não importa o quanto se considerem prudentes.

Ela abraçou a menina muito apressadamente, e, sob a forma de um corvo que gritava roufenho, voou por cima da horta até os pinheiros.

Ao entardecer a menina estava muito calada e, chorando, beijava a rosa. Marie estava amedrontada e Andres falava pouco. Anoiteceu. De um momento para outro, as árvores começaram a murmurejar, pássaros voaram ao redor com gritos assustados, um trovão fez tremer a terra, e lamentos fizeram-se ouvir pelos ares.

Marie e Andres não tiveram coragem de se levantar; mantiveram-se embrulhados nas cobertas e esperaram com angústia e temor pelo raiar do dia. De manhã tudo estava mais calmo, e fazia silêncio quando o sol veio por detrás da floresta jorrando sua luz.

Andres vestiu-se, e Marie notou que a pedra do anel em seu dedo tinha esmaecido. Ao abrirem a porta, os raios do sol lançaram-se ao seu encontro, mas a paisagem ao redor estava quase irreconhecível. O frescor da floresta tinha desaparecido, as colinas tinham abaixado, os riachos fluíam lentos e com pouca água, o céu parecia cinzento, e quando voltaram o olhar para os abetos, eles não estavam mais escuros ou mais tristes do que as demais árvores; e as cabanas atrás deles não tinham nada de repulsivo. Vários moradores da aldeia vieram e contaram sobre a estranha noite, e que haviam visitado o terreno onde viviam os ciganos, os quais provavelmente partiram porque as cabanas encontravam-se vazias, e seu interior era como costumam ser as casas de gente pobre, inclusive com coisas deixadas para trás. Elfriede disse secretamente à sua mãe:

— Durante a noite, quando não conseguia dormir e rezava de medo durante o alvoroço, minha porta abriu-se de repente e minha companheira de brinquedos entrou para dizer-me adeus. Trazia uma bolsa de viagem, chapéu sobre a cabeça e um grande cajado de peregrino na mão. Ela estava muito aborrecida contigo por seres a causa dos grandes e dolorosos castigos a que está sendo submetida, apesar de sempre ter te amado muito. E ela disse que todos saem daqui a contragosto.

Marie proibiu-a de falar sobre isso. Nesse momento

o barqueiro chegou do rio e começou a contar histórias das mais extraordinárias. Ao cair da noite um homem estrangeiro de grande estatura tinha vindo procurá-lo; queria alugar sua balsa até o amanhecer, porém com a condição de que ele ficasse recolhido na casa e fosse dormir ou, ao menos, não colocasse o pé para fora da porta.

— Tive medo — acrescentou o velho —, mas o estranho negócio não me deu sossego. De mansinho dirigi-me à janela e furtivamente olhei para o rio. Nuvens imensas percorriam inquietas o céu e as distantes florestas sussurravam aflitas. Era como se minha cabana tremesse, lamentos e soluços rondassem a casa. De súbito avistei uma fulgurante luz branca que se alargava e alargava, como se muitos milhares de estrelas caídas se movessem para fora do barranco de abetos. Faiscando, atravessaram o prado e se esparramaram em direção ao rio. Ouvi um barulho de pés, um tinido, um sussurrar e murmurar que vinha se aproximando mais e mais, e seguia rumo a minha balsa. Nela embarcaram todos: formas grandes e pequenas que luziam; homens e mulheres ao que parecia, e crianças, e o grande forasteiro conduziu-os todos à outra margem. No rio, ao lado da embarcação, nadavam muitos milhares de figuras claras, pelo ar esvoaçavam luzes e névoas brancas, e todos reclamavam e se queixavam por terem de viajar para tão, tão longe, e abandonar as queridas terras a que estavam acostumados. Em meio a tudo isso soava o bater dos remos e o marulho da água, e depois, subitamente fez-se novamente silêncio. Muitas vezes a balsa atracou para ser outra vez carregada. Levaram consigo também muitos recipientes pesados, que pequenos e horripilantes homenzinhos carregavam ou empurravam; se eram demônios, se eram duendes, não sei. Então chegou um séquito magnífico rodeado por ondas fulgurantes. Parecia ser um ancião sobre um pequeno corcel branco, em torno do qual todos se aglomeravam. Mas apenas pude ver a cabeça do cavalo, pois o animal estava oculto de alto a baixo por cobertas suntuosas e resplandecentes. Sobre a cabeça o velho tinha uma coroa e, enquanto ele passava, era como se o sol estivesse despontando ali e a aurora lançasse seus raios avermelhados em minha direção. Assim foi durante a noite inteira. Por fim adormeci em meio àquela confusão, parcialmente imerso em alegria, parcialmente em calafrios. Pela manhã tudo estava quieto, mas o rio até parece ter escoado para longe, e agora não me será fácil controlar a embarcação.

Naquele mesmo ano as plantas começaram a minguar, depois as florestas pereceram, as fontes secaram, e aquela mesma região que antes era a alegria de todo viajante que a atravessava, no outono estava desolada, despida e seca. E, em meio ao mar de areia, só aqui e ali ainda era possível encontrar algum pequeno recesso onde crescia relva de um verde empalidecido. Todas as árvores frutíferas feneceram, os vinhedos degeneraram, e a paisagem oferecia uma imagem tão triste que, no ano seguinte, o conde e sua família deixaram o castelo e este foi se deteriorando até virar ruína.

Dia e noite Elfriede observava com grande saudade sua rosa e pensava em sua companheira de brinquedos. Da mesma forma como a flor foi perdendo o viço e acabou murchando, também ela deixou pender a cabecinha e já antes da primavera tinha definhado. Marie muitas vezes ia ao lugar diante da cabana e soluçava pela felicidade perdida. Ela foi se consumindo tal como a filha, e seguiu-a em poucos anos. O velho Martin mudou-se com seu genro para a região em que vivera antigamente.

Tradução de Karin Volobuef

FEITIÇO DE AMOR

EMIL ESTAVA SENTADO à mesa profundamente imerso em pensamentos, e aguardava seu amigo Roderich. A vela ardia a sua frente, a noite de inverno estava fria, e hoje ele ansiava pela presença de seu companheiro de viagem, embora em geral o preferisse longe de si. Esta noite era diferente, pois pretendia contar-lhe um segredo e pedir conselho. Em todos os assuntos e situações da vida o insociável Emil encontrava dificuldades tamanhas e obstáculos tão intransponíveis que parecia uma ironia do destino que tivesse encontrado Roderich, que em tudo era o oposto do amigo. Inconstante, frívolo, sujeito às impressões do momento e instantaneamente entusiasmado por qualquer coisa, Roderich lançava-se em todos os empreendimentos, tinha soluções para tudo e nenhuma tarefa parecia-lhe difícil demais, nenhuma adversidade conseguia afugentá-lo; mas, iniciadas as atividades, perdia o fôlego e o interesse tão impulsivamente quanto antes havia se deslumbrado por elas. A partir daí, os estorvos em seu caminho não lhe serviam como estímulo para aumentar seus esforços, mas apenas para despertar-lhe menosprezo por aquilo que iniciara com tanto ânimo. Desse modo, Roderich abandonava sem motivos e esquecia todos os planos de forma tão instantânea e imprudente quanto os iniciara. Por isso, não se passava um dia sequer sem que os amigos se enredassem em discordâncias tão fortes que sua amizade parecia irremediavelmente ameaçada de esmorecer. Contudo, talvez aquilo que parecia separá-los fosse justamente o que com maior força os unia. Eles nutriam um profundo afeto um pelo outro, mas sentiam ambos enorme satisfação em poder queixar-se reciprocamente, amparados em sólidas justificativas.

Emil era um rapaz rico com temperamento sensível e melancólico que, após a morte de seus pais, havia entrado na posse da fortuna da família. Ele iniciara uma viagem para melhorar sua formação, mas já fazia alguns meses que se encontrava em uma cidade de grande porte; estava lá para entregar-se aos folguedos do carnaval, mas quase nunca comparecia a eles; nessa cidade pretendera ainda reunir-se com parentes para discutir assuntos relativos a sua fortuna, mas nem sequer ainda os havia visitado. No caminho para lá havia se deparado com o inconstante e volúvel Roderich, o qual vivia em discórdia com seus tutores. Para livrar-se por completo deles e de suas incômodas advertências, Roderich avidamente aproveitara a oportunidade que seu novo amigo oferecia de levá-lo como acompanhante em sua viagem. Ao longo do caminho eles já haviam pretendido várias vezes separar-se novamente; entretanto, a cada altercação ambos percebiam com força redobrada o quanto eram indispensáveis um ao outro. Mal desciam da carruagem em alguma cidade e Roderich já havia visto todos os monumentos do lugar, já se esquecendo deles no dia seguinte. Emil, ao contrário, levava uma semana inteira debruçado sobre livros a fim de não perder nenhum dos lugares que, mais tarde, deixava justamente de visitar por pura indolência. Logo após a sua chegada, Roderich já tinha feito inúmeros amigos e visitado todos os lugares públicos. Não raro conduzia seus novos amigos ao aposento onde Emil ficara solitário, abandonando-os ali aos cuidados dele tão logo começava a considerá-los enfadonhos. Com igual frequência constrangia o modesto Emil ao elogiar sem medida suas habilidades e conhecimentos perante homens eruditos e sábios, dando-lhes a entender que muito poderiam aprender dele sobre línguas, Antiguidade e artes, ainda que ele próprio nunca aproveitasse a chance de ouvir seu amigo sobre esses assuntos quando a conversa rumava nessa direção. Nas poucas ocasiões em que Emil estava disposto a participar de alguma atividade, era quase certo que seu inconstante amigo havia se resfriado em algum baile ou passeio de trenó noturnos e se encontrava acamado, de modo que Emil vivia na mais completa solidão embora convivesse com a mais vivaz, irrequieta e comunicativa das pessoas.

Hoje Emil ficara acordado para aguardá-lo, pois Roderich tinha lhe feito a solene promessa de vir passar o serão em sua companhia para poder ouvir o motivo de seu melancólico amigo achar-se há semanas em estado de inquietação e alarme. Enquanto esperava, Emil escrevia os seguintes versos.

> Como é graciosa a primavera,
> quando os rouxinóis cantam.
> Como ressoam as árvores
> e tremem as flores de prazer.

FEITIÇO DE AMOR

Como é formoso o luar
quando alçam voo as brisas
entremeadas de fragrância
pelos silenciosos arvoredos.

Como são maravilhosas as roseiras,
quando enfeitam de amor os campos
e lançam olhares de encanto
ao luzir das estrelas.

Mas nada é como minha bela,
quando à luz trêmula,
está sozinha no quarto pequenino,
e eu cá à espreita fico.

Quando faz as tranças
com sua delicada mãozinha,
seu corpo une-se à nívea veste,
e flores vão aos cachos castanhos.

Quando toma o alaúde,
sons transbordam,
saltam das cordas
e se oferecem risonhos.

Quando a voz brejeira
faz acordar melodias,
os sons vem buscar guarida
nos recantos de meu coração.

Oh, quão malévolos eles são!
Ali se enroscam e sussurram:
"Só saímos quando te despedaçarmos
e aprenderes o que é amar".

Emil ergueu-se com impaciência. Havia escurecido e Roderich não chegava — a quem Emil desejava contar sobre seu amor por uma desconhecida que morava em frente e o forçava a ficar dias a fio em casa e noites sem conta em claro. De repente, passos soaram escada acima, a porta abriu-se sem que ninguém batesse, e dois mascarados com vestes coloridas e caras distorcidas entraram: um deles estava fantasiado de Turco com indumentária em seda rubra e azul; o outro, fantasiado de espanhol, coberto com trajes amarelo-claros e avermelhados, e muitas penas balançantes no chapéu. Quando Emil estava prestes a perder a paciência, Roderich removeu a máscara, deixando à mostra seu familiar sorriso e disse:

— Ai, meu caro, que expressão rabugenta! Por acaso essa é tua alegria de carnaval? Eu e nosso prezado jovem oficial estamos aqui para buscar-te, pois hoje é dia de baile no grande Salão de Máscaras. Como sei que juraste solenemente trajar outras vestes que não as costumeiras roupas pretas, quero que nos acompanhes. Venhas assim mesmo como estás, pois já é bastante tarde.

Emil estava enfurecido e retrucou:

— Pareces, como é teu hábito, ter esquecido por completo o que acordamos. Lastimo muito (voltando-se para o desconhecido) que não possa acompanhar-vos. Meu amigo foi muito precipitado se assumiu tal compromisso em meu nome. Não posso de modo algum ausentar-me daqui, já que tenho assunto de extrema importância para conversar com ele.

O desconhecido, que era modesto e havia compreendido a disposição de Emil, retirou-se. Roderich, no entanto, apenas voltou a colocar a máscara com gesto de grande indiferença, postou-se à frente do espelho e disse:

— É bem verdade que a máscara confere uma aparência horrorosa, não é mesmo? No fundo, ela não passa de uma invenção desagradável e de mau gosto.

— Isso não é nenhuma questão em aberto — respondeu Emil cheio de indignação. — Fazer-se passar por uma caricatura e anuviar o espírito contam entre as diversões que procuras com maior predileção.

— Já que não aprecias dançar — respondeu o outro —, e tomas a dança por uma invenção perniciosa, consideras que ninguém mais deve poder entregar-se à alegria. Como é lamentável quando alguém é limitado a suas excentricidades.

— Certamente, respondeu o amigo enfurecido, e eu tenho oportunidades o bastante de observar isto em ti. Eu havia confiado que, após nossa última conversa, havias de me fazer companhia hoje à noite, mas...

— Mas é carnaval! — continuou o outro. — E todos os meus conhecidos e também algumas damas aguardam por mim no grande baile de hoje. Leves em consideração, meu caro, que é uma verdadeira doença em teu íntimo que o faz ser tão injusto com essas diversões e rechaçá-las com tamanha veemência.

Emil disse:

— Qual de nós dois merece ser chamado de doente é algo que não quero examinar em detalhes. Teu incompreensível comportamento tolo, tua sofreguidão por entretenimentos, tua caça por diversões que tornam vazio teu coração não me parecem indicar uma alma saudável. Além disso, em certas coisas tu bem poderias ceder à minha fragilidade, já que é esse o nome que lhe dás, pois não há nada nesse mundo que me cause maior aborrecimento do que um baile com sua música horrorosa. Já foi dito por alguém que, aos olhos de uma pessoa surda que presenciasse uma dança sem ouvir a música, um baile haveria de parecer um grupo de loucos. Eu, ao contrário, acho insana essa própria música horripilante, esse redemoinho de algumas poucas notas tocadas com desagradável rapidez formando aquelas malditas melodias que aderem a nosso cérebro, ou melhor, que se agregam a nosso sangue e das quais só conseguimos nos ver livres após muito tempo — isso é o que eu chamo de verdadeira loucura e desvario. O único caso em que a dança poderia ser-me de algum modo suportável seria sem música.

— Agora vejas, que paradoxo! — respondeu o mascarado. — Tu chegas ao ponto de considerar as coisas mais naturais, inocentes e alegres do mundo como algo monstruoso e até hediondo.

— Não posso mudar meus sentimentos — respondeu o sisudo —, desde a infância esses sons sempre me deixaram infeliz e muito frequentemente chegavam a me lançar no desespero. No mundo dos sons encontram-se para mim as fantasmagorias, espectros e fúrias, e é as sim que eles tremulam ao redor de minha cabeça e me encaram com as caretas mais horrendas.

— Debilidade nervosa — retrucou o outro —, semelhante a tua exagerada aversão a aranhas e uns tantos outros animais inocentes.

— Chama-os de inocentes — respondeu Emil com

enfado –, porque eles não te causam repugnância. Mas para alguém que, como eu, experimenta a sensação de repulsa e aversão ao vê-los, sendo tomado de um horror inexprimível que inunda a alma e percorre todo o corpo, esses monstros execráveis, como sapos e aranhas, ou ainda a mais asquerosa de todas as criaturas, o morcego, não são indiferentes e insignificantes, mas seres cuja existência se opõe à dele de modo absolutamente hostil. De fato somos tentados a sorrir dos incrédulos, cuja imaginação não consegue fazer as pazes com os fantasmas e lancinantes espectros, assim como os demais filhos da noite, que vemos em períodos de doença ou com que nos deparamos nas imagens de Dante, pois a realidade mais prosaica em nosso derredor nos confronta com modelos pavorosos e disformes dessas figuras. Acaso seríamos capazes de amar o belo se não nos sentíssemos horrorizados perante tais fealdades?

– Por que horrorizados? – perguntou Roderich. – Por que o grande império das águas e dos mares haveria de nos apresentar essa abominação a que tua fantasia se acostumou, em vez de justamente deixar à vista figuras estranhas, interessantes e burlescas, de forma que toda essa extensão causasse justamente a impressão de um cômico salão de baile? Mas tua excentricidade ainda vai além, pois com o mesmo exagero com que amas a rosa a ponto de idolatrá-la, odeias as demais flores. Que mal te causou, afinal, o bom lírio vermelho, ou ainda os outros rebentos do verão? Do mesmo modo, desagradam-te diversas cores, diversos odores e muitas ideias. E não fazes nada para te endurecer contra tais estados de espírito, ao contrário, te entregas delicadamente a eles. E ao final, uma coleção de tais bizarrices irá ocupar o lugar que deveria estar em posse de teu Eu.

Emil estava enfurecido até a última fibra de seu coração e não respondeu. Tinha já desistido de confiar-se a seu leviano amigo, que aliás não demonstrava ter qualquer desejo de conhecer o segredo que o melancólico companheiro havia anunciado com tamanha gravidade. Roderich estava sentado na poltrona, brincando com indiferença com sua máscara. De súbito exclamou:

— Sejas bondoso, Emil, e me empresta teu casaco grande.

— Para quê? — perguntou aquele.

— Estou ouvindo música lá adiante na igreja — Roderich respondeu —, e já tenho perdido esta ocasião em todas as últimas noites. Hoje parece ser justamente o que preciso. Com teu casaco posso encobrir esta roupa e também ocultar a máscara e o turbante, e tão logo a apresentação tiver acabado, seguir diretamente para o baile.

Resmungando, Emil foi buscar o casaco no guarda-roupa, entregou-o para o amigo, que já se erguera da poltrona, e se forçou a um sorriso irônico.

— Cá está o punhal turco que comprei ontem — disse Roderich enquanto vestia o casaco —, guarda-o. Não é bom carregar consigo tais coisas sérias como se fossem brinquedos. Nunca se sabe se elas não seriam mal utilizadas quando uma desavença ou outro tipo de discórdia oferecesse a oportunidade. Amanhã nos veremos novamente. Passa bem e procura distrair-te.

Sem esperar por resposta, já descia apressado pela escada.

Quando Emil se viu sozinho, buscou esquecer sua fúria e avistar o comportamento de seu amigo pelo lado ridículo. Observou o punhal lustroso e formosamente trabalhado, e disse:

— Como deverá sentir-se o ser humano que empurra um ferro assim aguçado para dentro do peito do oponente, ou até mesmo com ele fira um ente amado?

Guardou a arma, em seguida abriu cuidadosamente os batentes de sua janela e olhou para o outro lado da ruela estreita. Mas não havia nenhuma luz; na casa em frente reinava completa escuridão. A preciosa figura que ali vivia e por essas horas habitualmente se desincumbia de tarefas domésticas parecia ausente. "Talvez até mesmo estivesse no baile", pensou Emil, "embora isso não harmonizasse com seu modo de vida recluso". Repentinamente, porém, uma luz surgiu, e a menina que costumava acompanhar sua desconhecida amada, a qual tanto de dia quanto à noite muito se ocupava com a criança, atravessou o aposento carregando uma vela e fechou as venezianas. Uma fresta permaneceu iluminada, grande o suficiente para deixar à mostra, do ponto de vista de Emil, uma parte do diminuto quarto. Era aí que ele permanecia em pé, feliz, frequentemente até depois da meia-noite, como enfeitiçado, observando cada movimento da mão, cada expressão da face de sua amada. Tinha prazer quando ela ensinava a criança a ler, ou lhe dava lições de coser e tricotar. Havia procurado se informar e contaram-lhe que a menina era uma pobre órfã que a formosa jovem tinha compassivamente acolhido para educá-la. Os amigos de Emil não compreendiam por que ele morava nesta ruela estreita em uma casa sem conforto, por que era tão raro que ele procurasse a companhia de outras pessoas, e com o que ele se ocupava. Sem ocupação e vivendo na solidão ele era feliz estando insatisfeito apenas consigo mesmo e com seu caráter insociável que o impedia de ousar aproximar-se e conhecer mais de perto aquela bela criatura, não obstante ela o ter cumprimentado e agradecido de modo tão gentil quando se viram algumas vezes durante o dia. Emil não sabia que ela, por sua vez, também espreitava a janela dele sentindo-se igualmente aturdida, e não suspeitava que tipo de desejos fermentavam no coração do moça, nem a que esforços, a que sacrifícios ela se considerava disposta tão somente para entrar na posse do amor dele.

Após andar algumas vezes de um lado a outro, e após tanto a vela quanto a criança desaparecerem novamente, de repente ele tomou a decisão de ir ao baile. Era uma decisão totalmente contrária a sua inclinação e a sua natureza, mas ocorreu-lhe que talvez sua desconhecida pudesse ter feito uma exceção em seu modo de vida reservado, dispondo-se a uma vez também desfrutar o mundo e suas recreações. As ruelas estavam fortemente iluminadas, a neve crepitava sob seus pés, carruagens cruzavam à sua frente, e mascarados trajando as mais variadas fantasias assobiavam e cantarolavam enquanto passavam por ele. De muitas casas ressoava em sua direção a odiosa música de dança, e ele não conseguia obrigar-se a ir pelo caminho mais curto que levava até o salão, rumo ao qual as pessoas afluíam e se acotovelavam de todos os lados. Ele seguiu contornando a velha igreja, contemplou a torre que se erguia alta e severa para o céu noturno, e desfrutava o silêncio e solidão que reinava nesse lugar remoto. Junto ao vão de uma grande porta de igreja, cujos múltiplos entalhes ele sempre apreciara com muito prazer, pois o faziam pensar na arte antiga e em tempos longínquos, ele tomou lugar para se entregar à contemplação por uns poucos momentos. Não fazia muito que estava ali quando uma figura atraiu sua atenção, a qual impacientemente andava de um lado a outro, parecendo aguardar a chegada de alguém. Ao clarão de uma lanterna que brilhava próximo a uma imagem de Nossa Senhora, distinguiu com exatidão a face, assim como a invulgar roupagem. Era uma anciã cuja aparência horrenda saltava aos olhos por estar usando um corpete escarlate bordado em ouro, que contrastava grotescamente com a fealdade da velha. A saia que usava era escura, o gorro sobre sua cabeça também cintilava com ouro. No começo Emil acreditou estar diante de uma fantasia de mau gosto, de um mascarado que houvesse errado o caminho e se perdido por essas bandas, no entanto, sob a forte iluminação logo se convenceu de que o velho rosto escurecido e cheio de rugas era real e não uma imitação. Não demorou muito e surgiram dois homens embrulhados em casacos, que pareciam acercar-se do lugar com passos cautelosos, muitas vezes lançando olhares de esguelha para os lados para ver se ninguém os seguia. A velha foi em sua direção.

— Trazeis as velas? — perguntou apressadamente e com uma voz áspera.

— Cá estão — afirmou um deles —, o preço vos é conhecido, acertai de vez as coisas.

A velha parecia dar dinheiro, que o homem conferiu debaixo de seu casaco.

— Quero crer — recomeçou a velha — que elas foram vertidas absolutamente de acordo com as regras e com o máximo de habilidade para que a eficácia não seja perdida.

— Não vos preocupeis — disse aquele e afastou-se rapidamente.

O outro, que ficara atrás, era um rapaz jovem; ele tomou a velha pela mão e perguntou:

— Será possível, Alexia, que tais ritos e fórmulas, estas antiquadas e estranhas lendas, em que nunca pude acreditar, conseguem aprisionar a livre vontade do ser humano, podendo inflamar o amor e o ódio?

— Assim é — retrucou a rubra mulher —, mas os ingredientes são vários. Não bastam estas velas, vazadas à meia-noite na lua nova e com sangue humano, não bastam as fórmulas de bruxaria nem invocações. Elas sozinhas não são suficientes, sendo imprescindíveis ainda muitos outros suplementos, que o conhecedor da arte bem sabe.

— Então confio em ti — disse o estranho.

— Amanhã, após a meia-noite, estou a vosso serviço — respondeu a velha —, tenho convicção de que não havereis de ser o primeiro a ficar insatisfeito com meus préstimos. Hoje, como ouvistes, estou comprometida com outro cliente, cujos sentidos e juízo certamente nossa arte deverá influenciar com grande eficácia.

As últimas palavras ela pronunciou com uma meia risada, e ambos se separaram enveredando por direções distintas. Emil saiu trêmulo do escuro nicho e elevou os olhos para a imagem da Virgem com a criança:

— Diante de vossos olhos, oh Veneranda — exclamou à meia-voz —, esses abomináveis têm a ousadia de realizar encontros para negociar suas execráveis insídias. No entanto, assim como envolveis vossa criança em amor, assim também um amor invisível segura a todos nós em braços perceptíveis, e nosso pobre coração bate tanto nos momentos de alegria quanto de receio ao encontro de um maior, que nunca irá nos abandonar.

Nuvens deslizavam sobre o topo da torre e o telhado escarpado da igreja, as estrelas eternas olhavam fulgurantes e com afável circunspeção para baixo, e Emil afastou-se resoluto desses calafrios noturnos e voltou seus pensamentos para a beleza da desconhecida. Enveredou novamente pelas ruelas cheias de pessoas e guiou seus passos para o salão de baile inundado de luzes, do qual lhe vinham ao encontro vozes, barulho de veículos, e, em intervalos isolados, a música ruidosa.

No salão, logo perdeu-se em meio ao tumulto da aglomeração, os dançarinos pulavam ao seu redor, mascarados passavam para lá e para cá ao seu lado, timbales e trompetes atordoavam seus ouvidos, e ele tinha a impressão de que a própria vida humana não passava de mero sonho. Atravessou as fileiras, e somente seu olhar mantinha-se vigilante, procurando aqueles olhos amados e aquela cabeça formosa com seus cachos castanhos, por cuja visão hoje ansiava com mais força do que usualmente. Em seu íntimo também censurava aquele ser adorado por imergir e perder-se nesse convulso mar de desordem e insensatez.

— Não — disse para si mesmo —, nenhum coração que ama quererá entreabrir-se a tais bramidos desoladores, nos quais a saudade e as lágrimas são motivo de zombaria e de que os risos retumbantes de trompetes selvagens escarnecem. O sussurro das árvores, o murmurinho das fontes, o som do alaúde e de nobre canto que emana em profusão do seio comovido são os sons no qual o amor vive. O alarido daqui, ao contrário, é como os trovões e a sanha do desespero que ressoam ensandecidos no inferno.

Não encontrou o que procurava, pois foi-lhe impossível conformar-se com a ideia de que o amado rosto talvez tivesse se ocultado sob uma detestável máscara. Já havia atravessado o salão três vezes de um lado a outro e em vão observado com atenção todas as damas sentadas e não mascaradas, quando o espanhol aproximou-se dele e disse:

— Que bom que tenhais vindo afinal. Com certeza procurais vosso amigo, não?

Emil tinha se esquecido completamente dele; porém, disse envergonhado:

— De fato, estou estranhando o fato de não encontrá-lo aqui; afinal, sua fantasia é especialmente visível.

— Acaso sabeis o que aquele ser espantoso está fazendo? — retrucou o jovem oficial. — Ele nem dançou nem permaneceu por muito tempo no salão, pois pouco depois encontrou um amigo, Anderson, que acabara de chegar do campo. A conversação deles logo enveredou para a literatura, e como ele ainda não conhecia um poema recentemente divulgado, Roderich não descansou enquanto não lhe abriram um dos aposentos mais recônditos. Lá encontra-se ele sentado à luz de uma vela solitária, lendo para seu companheiro a obra inteira.

— Isto é típico dele — disse Emil —, já que é sempre levado por estados de humor. Eu experimentei todos os meios, inclusive não me abstive de discussões amigáveis para demovê-lo do hábito de sempre viver *ex tempore* e fazer sua vida inteira desenrolar-se como um improviso. Mas essas loucuras lhe são tão caras ao coração que ele prefere apartar-se do mais querido amigo do que separar-se delas. Esta obra, que ele ama tanto a ponto de sempre levá-la consigo, ele recentemente quis ler para mim, e eu até havia expresso com ênfase meu desejo de ouvi-lo. Mal, porém, havíamos transposto o início e eu estava rendido às belezas do poema, quando ele subitamente ergueu-se de um salto. Retornando envolto no avental de cozinha, mandou acender o fogo conforme instruções muito específicas, disse querer assar bifes para mim, embora eu não sentisse o menor desejo por eles, e afirmou ser ele a pessoa que melhor sabe prepará-los em toda a Europa, ainda que na maioria das vezes ele os estrague.

O espanhol riu.

— Ele nunca se apaixonou? — perguntou.

— À maneira dele — respondeu Emil muito seriamente —, ou seja, como se quisesse escarnecer de si e do amor: por muitas ao mesmo tempo, e, de acordo com suas palavras, de modo desesperado, mas esquecendo-se de todas elas em oito dias.

Separaram-se no tumulto, e Emil foi até o remoto aposento no qual ele de longe já ouvia o amigo declamando em altos brados.

— Ah, cá também estás! — exclamou ele em sua direção. — Isto vem a calhar; acabei justamente o trecho no qual fomos interrompidos recentemente. Senta-te e poderás acompanhar minha leitura.

— Não estou agora com disposição para isso — disse Emil —, além disso, considero esta hora e este lugar pouco apropriados a uma tal recreação.

— Por quê? — Roderich retrucou. — Tudo deve adequar-se a nossa vontade. Todos os momentos são adequados para que nos ocupemos de algo tão nobre. Ou preferes dançar? Hoje faltam dançarinos, de modo que bastariam algumas horas de piruetas e um par de pernas cansadas para conquistares a gratidão e profunda simpatia de muitas senhoras.

— Passes bem! — exclamou aquele já da porta. — Vou para casa.

— Ainda uma palavra! — chamou Roderich atrás dele. — Amanhã, logo ao amanhecer, partirei na companhia desse senhor em viagem para o campo, onde passarei alguns dias. Mas baterei à sua porta para despedir-me. Se ainda estiveres dormindo, como é provável, não te preocupa em acordar, pois em três dias já estarei novamente de volta.

E voltando-se ao novo amigo:

— É o mais inusitado de todos os seres humanos! Tão pesado, mal-humorado e austero que não consegue saborear nenhuma alegria, ou melhor, não há para ele qualquer alegria. Tudo deve ser nobre, grande, elevado, seu coração deve tomar parte em tudo, ainda que se trate de um teatro de marionetes. E quando não se realizam tais pretensões, que são realmente bastante absurdas, então seu estado de espírito se torna trágico e ele passa a considerar o mundo inteiro rude e bárbaro. Lá fora, com certeza, ele exige que dentre os fantasiados haja um Pantalone e um Pulcinella, com o coração a arder de saudade e pleno de anseios sublimes, e que o Arlequim filosofe melancolicamente sobre a futilidade do mundo, e, caso estas expectativas não se confirmem, então certamente as lágrimas lhe subirão aos olhos, e, cheio de mágoa e menosprezo, dará as costas a todo o espetáculo colorido.

— Então ele é melancólico? — o ouvinte perguntou.

— Não exatamente — respondeu Roderich. — Ele apenas foi mimado em demasia tanto por pais muito ternos, como por si mesmo. Ele tinha se acostumado a abandonar o coração ao livre fluxo da maré, deixando-o ao sabor dos altos e baixos. Então, se agora faltar essa comoção, ele logo grita "Milagre!" e deseja prometer prêmios para animar os físicos a explicarem exaustivamente esse evento da natureza. Ele é a melhor pessoa que vive sobre a face da Terra, mas todos os meus esforços para levá-lo a abandonar essa dissonância foram totalmente inúteis, e caso eu não queira receber ingratidão como pagamento por minhas boas intenções, devo deixá-lo agir como lhe aprouver.

— Talvez ele devesse procurar a ajuda de um médico — observou o outro.

— Faz parte de suas excentricidades — respondeu Roderich — menosprezar por completo a medicina, pois ele acredita que toda doença tem a sua individualidade de acordo com cada ser humano, e portanto não pode ser curada seguindo-se observações feitas no passado ou mesmo nas assim chamadas teorias. Seria mais provável que ele recorresse a velhas curandeiras e tratamentos com amuletos e talismãs. Sob outro ponto de vista, ele igualmente menospreza toda forma de precaução e tudo o que chamamos de ordem e moderação. Desde a infância, seu ideal foi um homem nobre, e seu propósito mais elevado, o de tornar-se alguém assim, o que significa principalmente uma pessoa que desdenha tudo, a começar pelo dinheiro. E para não despertar qualquer suspeita de ser econômico, de gastar de má vontade, ou de algum modo ter consideração por dinheiro, ele o joga fora da maneira mais tola possível; apesar de sua renda abundante, está sempre pobre e em dificuldades; e serve de bobo para qualquer um que não seja totalmente nobre no sentido em que ele se propôs a sê-lo. Ser seu amigo é a maior tarefa de todas as tarefas, pois ele é tão irritável que apenas basta tossir, não comer de maneira nobre o bastante, ou até mesmo palitar os dentes para ofendê-lo mortalmente.

— Ele nunca esteve apaixonado? — o amigo do campo perguntou.

— Quem ele haveria de amar? — perguntou Roderich em resposta. — Ele menospreza todas as filhas da terra, e no momento em que percebesse que seu ideal gosta de enfeitar-se, ou até mesmo dança, e seu coração se partiria. E mais terrível ainda seria se ela tivesse o infortúnio de contrair um resfriado.

Emil enquanto isso se encontrava em meio ao tumulto. De súbito, porém, foi assaltado por aquele temor, aquele pânico que tão frequentemente já havia acometido seu coração ao encontrar-se em uma multidão assim inflamada. Fugiu para fora do salão, correu pelas ruelas desoladas, e somente em seu aposento solitário tomou fôlego e recobrou novamente a tranquilidade. A luz noturna já fora acesa e ele deu ordens para que o criado se recolhesse. Em frente tudo estava silencioso e às escuras; ele sentou-se para extravasar em um poema suas sensações do baile.

> No coração tudo calmaria,
> agrilhoados estavam os desatinos.
> Maldoso desejo falou alto
> e o louco libertou.
> Lá se ouvem timbales;
> em risadas irrompe
> o trompete ensurdecedor.
> Flautas intrometem-se
> e pífanos saltitam
> com gritos aguçados
> junto aos violinos furiosos.
> Tumultuada balbúrdia
> e feroz estrondo
> abatem com selvageria o inocente silêncio.

> Para onde rodopia a ciranda?
> O que procura a multidão
> que fervilha no sinuoso tropel?

As luzes tremulam,
a folia nos aproxima,
o estúpido coração está jubiloso,
que soem mais alto os címbalos,
que retumbem mais desvairados os apitos!
Trazei torpor ao sofrimento
Que ele se transforme em pilhéria!

Tu me acenas, face adorável?
A boca sorri, os olhos cintilam;
venha aos meus braços,
até o giro nos separar outra vez.
A beleza findará um dia, bem o sei,
Os lábios emudecerão,
A morte a tomará nos braços.
Por que me acenas, crânio amável?
Virás hoje, talvez amanhã?
Eu ondeio na ciranda e passo por ti.

Nessa vertigem de prazeres
e nesses risos de hoje
talvez brote o veneno.
Oh, tempo esplêndido!
Acena-me a bela
e torna-se minha noiva,
enquanto a outra espreita
com atrevida petulância.
O que há de ser?

Cambaleamos todos
pelo salão dos nossos anos,
sem amor, sem vida, sem existência,
somente o sonho, somente a sepultura.

As flores e o trevo encobrem lá embaixo
horrores bem maiores,
dores mais lancinantes.
Que soem mais alto os címbalos e
timbales.
Que bradem mais forte as trompas!
Pulemos, giremos em roda sem descanso.
O amor não nos brindou
com vida ou com coração.
Com regozijo dançamos para o abismo
funesto!

Ele havia concluído e encontrava-se diante da janela. Então, lá do outro lado, ela apareceu, tão bela como nunca a vira antes. O cabelo castanho desamarrado permitia que cachos rebeldes balançassem e ondeassem à vontade sobre a alva nuca. Cobria-se com uma roupa muito leve e tarde da noite parecia ainda querer executar alguma tarefa doméstica antes de recolher-se, pois colocou velas em dois cantos do aposento, endireitou o tapete sobre a mesa, e retirou-se novamente. Emil ainda estava imerso em doces sonhos, recordando na imaginação a visão de sua amada, quando, para seu horror, a medonha velha escarlate atravessou o aposento enquanto o ouro em sua cabeça e seu colo reluzia de forma hedionda à luz das velas. Pouco depois, tinha desaparecido. Poderia acreditar em seus olhos? Não teria sido alguma ilusão provocada pela noite e fantasmagoricamente encenada pela sua própria fantasia?

Não. Ela reapareceu ainda mais medonha do que antes: agora longos cabelos negros e grisalhos volteavam, selvagens e desordenados, sobre o peito e as costas.

A formosa jovem acompanhava-a pálida, desfigurada, os formosos seios descobertos, sua figura assemelhando-se inteiramente a uma estátua de mármore. Elas seguravam entre si a adorável menina, que chorava e se aconchegava suplicante à bela, que não lhe dirigia o olhar. A criancinha erguia suas pequeninas mãos em rogos, acariciava o pescoço e as faces da pálida bela. Esta, no entanto, mantinha-a fortemente presa pelos cabelos, segurando com a outra mão uma bacia prateada. Murmurando algumas palavras, a velha vibrou uma faca e cortou o alvo pescoço da menina. Então, avultou-se atrás delas algo que ambas pareciam não enxergar, pois com certeza haveriam de ficar tão aterradas como Emil. Um repelente e escamoso pescoço de dragão serpenteou para fora das trevas, alongando-se sempre mais e mais, e curvou-se sobre a criança que pendia inerte nos braços da velha. A língua negra sorveu então do sangue rubro que jorrava em profusão, e um faiscante olho verde, alcançando a fresta do outro lado da rua, cruzou-se com o olhar de Emil, e atingiu seu cérebro e seu coração. No mesmo instante Emil caiu desfalecido.

Roderich encontrou-o inanimado depois de algumas horas.

***

Em uma alegre manhã de verão, um grupo de amigos estava sentado em um caramanchão verde junto a um saboroso desjejum. Em meio a risos e gracejos, todos levantavam seus copos para brindar à saúde e felicidade do jovem casal de noivos. O noivo e a noiva não estavam presentes, pois a bela ainda estava ocupada em enfeitar-se, e o jovem noivo vagueava ao léu, ponderando sobre sua sorte, enquanto passeava solitário por uma retirada aleia de árvores.

— É uma pena — disse Anderson — que não possamos ter música. Todas as damas presentes estão insatisfeitas; nunca desejaram tanto dançar como justamente hoje, quando isso lhes é impossível. Mas a música desagrada tanto a ele...

— Posso revelar-vos — disse um jovem oficial — que a despeito disso teremos um baile e que será um baile absolutamente desvairado e barulhento. Tudo está organizado; os músicos já chegaram em segredo e se alojaram sem que ninguém percebesse. Roderich cuidou de todos esses preparativos e disse que hoje, mais do que nunca, não devemos ceder a todas as suas excentricidades.

— É bem verdade que ele já está muito mais humano e afável que antes — exclamou outro rapaz —, e por isso creio que ele não verá tais alterações como algo desagradável. O próprio matrimônio, aliás, foi algo tão súbito que surgiu contra todas as nossas expectativas.

— Sua vida inteira — continuou Anderson — é tão inusitada quanto seu caráter. Vós todos sabeis que ele chegou em nossa cidade no último outono por ocasião de uma viagem que pretendia realizar, que se alojou aqui durante o inverno, que quase só permanecia enclausurado em seus aposentos como um melancólico, e que desdenhou nosso teatro e todos os demais entretenimentos. Quase tinha rompido sua amizade com Roderich, seu amigo mais íntimo, porque este tentara fazer com que se divertisse e não cedera ao seu mau-humor. Afinal, sua exagerada irritabilidade e má vontade parecem ter resultado de uma doença que se aninhava em seu corpo, pois como não deveis ignorar, há quatro meses atrás ele foi acometido por uma febre nervosa tão severa que nós já o dávamos por perdido. Depois que seus delírios se acalmaram e ele novamente voltou a si, tinha ficado quase por completo sem memória, restando-lhe apenas a lembrança de seus anos de infância e adolescência, de modo que não conseguia recordar de nada da viagem ou do que ocorrera antes da doença. Foi-lhe necessário travar conhecimento outra vez com todos os seus amigos, inclusive Roderich. Só pouco a pouco o seu íntimo foi-se alumiando, e o passado e tudo o que ele havia vivido foi retornando a sua memória, porém sempre apenas em poucos rasgos. Seu tio havia-o trazido para sua casa a fim de tê-lo junto a si e poder melhor cuidar dele, pois estava como se fosse uma criança e deixava que fizessem tudo com ele. Na primeira ocasião em que o levaram a passeio na primavera e ele visitou o parque, viu uma moça sentada em um recanto apartado, profundamente mergulhada em pensamentos. Ela levantou os olhos, seu olhar encontrou-se com o dele, e, como que arrebatado por um incompreensível deslumbramento, ele mandou que parassem a carruagem, desceu, sentou-se a seu lado, tomou suas mãos, e verteu uma torrente de lágrimas. Quem o acompanhava ficou novamente preocupado com seu juízo, mas ele logo acalmou-se, mostrando-se alegre e falante. Apresentou-se aos pais da moça, e já na primeira visita pediu-a em casamento, com o que ela aquiesceu, já que seus pais não haviam recusado seu consentimento. Ele estava feliz e revigorado; a cada dia estava mais saudável e contente. Foi assim que, oito dias atrás, ele chegou aqui, em minha propriedade no campo, para visitar-me. Tudo agradou-lhe sobremaneira e em tal grau que não descansou enquanto eu não a vendi para ele. Se quisesse, poderia muito bem ter-me aproveitado e usado sua paixão a meu favor e em sua desvantagem, pois quando ele deseja algo, é arrebatado e intempestivo, fazendo de tudo para seu desejo realizar-se no mesmo instante. Imediatamente colocou em andamento os preparativos, mandando vir móveis a fim de já viver aqui os meses de verão. E é por isso que todos nós estamos aqui hoje, reunidos em minha antiga residência.

A casa era ampla e situada em uma das áreas mais bonitas. Uma das duas laterais dava para um rio e aprazíveis colinas, havendo múltiplas vegetações e árvores em toda a volta. Diretamente em frente abria-se um jardim com flores perfumadas. Ali, laranjeiras e limoeiros estavam acomodados em um amplo abrigo, do qual pequenas portas conduziam a despensas, porões e armazéns de alimentos. Do outro lado estendia-se um verde prado que terminava em um parque, para o qual não havia outra entrada. Nesse ponto as duas longas alas da casa formavam um espaçoso terreno, e, assentados sobre fileiras de colunas sobrepostas, três andares de corredores abertos e largos interligavam todos os aposentos e salas do edifício. Com isso, este lado da residência ganhava um aspecto fascinante, até mesmo encantado, uma vez que nesses alpendres espaçosos aparecia toda sorte de figuras nas mais variadas atividades.

Caminhando entre as colunas e saindo de cada aposento surgiam sempre novas pessoas, reaparecendo depois em cima ou embaixo para em seguida desaparecer em uma outra porta. Também era ali que os convidados se reuniam para o chá e para o jogo, e com isso o conjunto, visto por baixo, ganhava os ares de um teatro, diante do qual todos podiam parar com prazer, na expectativa de um inaudito e divertido espetáculo.

O grupo de jovens convivas pretendia justamente levantar-se, quando a noiva, coberta de enfeites, atravessou o jardim e caminhou em sua direção. Seu vestido era de veludo violeta, um colar faiscante balançava no pescoço esplendoroso, preciosas rendas deixavam entrever os seios amplos e alvos, o cabelo castanho coloriase de modo encantador com as murtas e outras flores da grinalda. Cumprimentou a todos com muita afabilidade, e os rapazes ficaram surpresos com sua grande beleza. Depois de colher flores no jardim, ela dirigiuse para o interior da casa a fim de acompanhar o preparo do banquete. As mesas haviam sido dispostas no amplo corredor do térreo, onde elas fulguravam com suas toalhas níveas e cristais; uma abundância de flores nas mais variadas cores transbordava cintilante de vasos delicados, fragrantes grinaldas verdes e coloridas enredavam-se nas colunas. Era adorável a imagem da noiva, que encantadoramente ia e vinha em meio ao brilho das flores e por entre as mesas e colunas enquanto supervisionava tudo. Depois ela desapareceu, reaparecendo no andar de cima para abrir a porta de seu quarto.

— Ela é a moça mais charmosa e bonita que já vi —
exclamou Anderson. — Nosso amigo tem sorte!

— Até mesmo sua palidez — comentou o oficial —
aumenta sua beleza: as faíscas de seus olhos castanhos
são ressaltadas pelas faces pálidas e o cabelo escuro. E
o maravilhoso, quase ardente rubor dos lábios dá a seu
semblante uma aparência que realmente enfeitiça.

— O halo de recôndita melancolia que a circunda —
disse Anderson — tem o efeito de uma moldura majes-
tática.

O noivo juntou-se a eles e perguntou por Roderich.
Fazia tempos que não o viam e ninguém sabia onde ele
se achava. Todos foram procurá-lo.

— Ele está lá embaixo, no salão — informou por fim
um jovem a quem se dirigiram —, em meio aos criados
e cocheiros, para quem está apresentando truques com
cartas, com absoluto sucesso.

Ao chegarem, interrompendo as ressonantes de-
monstrações de assombro da criadagem, Roderich não
se deixou perturbar e continuou livremente a produzir
seus truques de magia. Quando terminou, seguiu com
os demais até o jardim e disse:

— Faço isso apenas para fortalecer a fé dessas pessoas, pois estas artes causam um abalo duradouro no
livre-pensamento típico desses cocheiros e ajudam a
convertê-las.

— Vejo — disse o noivo — que meu amigo, dentre
seus muitos talentos, também não deixa de cultivar o
de charlatão.

— Vivemos em uma época fabulosa — respondeu —,

hoje em dia não se deve menosprezar nada, pois nunca se sabe que serventia terá.

Quando os dois amigos ficaram a sós, Emil caminhou novamente para a sombreada aleia de árvores e disse:

— Por que estou tão tristonho neste dia que deveria ser o mais feliz de minha vida? Talvez não me acredites, mas asseguro-te que não combina comigo estar em meio a uma quantidade tão grande de pessoas, dar atenção a todos, não negligenciar nenhum dos parentes dela nem os meus, demonstrar reverência pelos pais, cumprimentar as damas, recepcionar os recém-chegados e prover que sejam adequadamente acomodados os serviçais e cavalos.

— Isto tudo se resolve por si mesmo — exclamou Roderich —, vê, tua casa parece feita sob medida para esse tipo de ocasião; teu mordomo, que tem as mãos cheias de afazeres e não de lazeres, é perfeito para colocar tudo em seu devido lugar, para salvar os convidados de toda e qualquer confusão, e para atendê-los com dignidade. Deixa tudo por conta dele e de tua formosa noiva.

— Hoje cedo, antes mesmo do amanhecer — Emil disse — vaguei pelo arvoredo. Estava imbuído de espírito solene, sentia fortemente em meu íntimo o quanto minha vida agora se tornaria definida e séria, como este amor me deu lar e ocupação. Passei lá adiante pelo caramanchão e ouvi vozes: era minha amada em uma conversa privada. "Não sucedeu tudo", perguntou uma voz desconhecida, "conforme eu havia dito? Não está tudo exatamente da maneira como eu sabia que aconteceria? Realizastes vosso desejo; ficai, portanto, satisfeita". Não quis ir até lá; mais tarde aproximei-me do caramanchão, porém ambas já haviam ido embora. Mas não consigo deixar de me perguntar vez após vez: o significam aquelas palavras?

Roderich disse:

– Talvez ela já te amasse há muito tempo, sem que o soubesses; então serias ainda mais feliz.

Um rouxinol retardatário iniciava agora seu canto e parecia entoar desejos de harmonia e regozijo aos apaixonados. Emil ficou mais pensativo.

– Vem comigo para te alegrares – disse Roderich – até a aldeia lá embaixo. Verás um segundo casal em núpcias, pois não penses que és o único a celebrar matrimônio hoje. Um jovem servo estava por demais solitário e entediado, e por isso envolveu-se com uma megera velha e torpe. O tolo agora pensa que está obrigado a fazer dela sua esposa. Nesse momento os dois já devem estar arrumados. Não percamos esse quadro, pois com certeza é interessante.

O tristonho deixou-se arrastar por seu alegre e falante amigo. Em pouco chegaram à cabana, onde o cortejo estava justamente saindo para a igreja. O servo trajava sua costumeira túnica de linho, distinguindo-se apenas por suas calças de couro, as quais havia pintado com as cores mais claras possíveis. Sua expressão era simplória e ele parecia encabulado. A noiva era queimada pelo sol; só alguns poucos resquícios de juventude ainda eram visíveis nela. Estava vestida em roupas grossas e pobres, porém limpas, e algumas tiras de seda vermelhas e azuis, já algo descoradas, tremulavam de seu justilho. Mas o que realmente a desfigurava era que haviam endurecido seu cabelo com gordura e farinha, puxado-o para longe da testa e prendido-o com agulhas no alto da cabeça. No topo disso estava a grinalda. Ela sorria e parecia alegre, mas era tímida e estúpida. Os velhos pais seguiam atrás; o pai também era apenas servo na quinta; e a cabana, os móveis e também a roupa, tudo traía a mais completa pobreza. Um músico sujo e estrábico acompanhava o séquito, fazendo caretas e tocando um violino feito de pedaços de papelão e madeira grudados com visco, e que, em vez das cordas, tinha três barbantes alinhados. O cortejo parou quando o jovem senhor se juntou às pessoas. Alguns serviçais maliciosos, jovens criados e empregadas faziam comentários jocosos e riam, zombando do casal de noivos, especialmente as camareiras, que se consideravam mais bonitas e estavam infinitamente mais bem vestidas. Um calafrio apossou-se de Emil, que se voltou para Roderich, mas este já tinha escapulido. Um criado impertinente com cabelos à maneira de Titus,[1] empregado de um estranho, foi abrindo caminho para aproximar-se de Emil e, pretendendo parecer engraçado, exclamou:

— E agora, meu digno senhor, o que dizeis do lustroso par de noivos? Os dois ainda não sabem de onde irão tirar o pão de amanhã, mas hoje à tarde irão oferecer um baile; o virtuoso ali já está encomendado.

— Eles não têm pão? — perguntou Emil. — Existe algo semelhante?

---

[1] Penteado inspirado no imperador romano Tito (século I): os cabelos são usados curtos e cacheados.

— Toda a miséria deles é conhecida das pessoas — o outro continuou tagarelando —, mas o sujeito diz que é afeiçoado a essa criatura, ainda que ela não tenha trazido nada! Oh, sim, deveras, o amor é onipotente! O bando de maltrapilhos nem tem camas, hoje precisarão dormir em cima de palha; tiveram que pedir como esmola a cerveja com que pretendem se embebedar.

Todos ao redor soltaram altas gargalhadas, e os dois infelizes, de quem escarneciam, baixaram os olhos. Furioso, Emil afastou de si o palrador.

— Tomai! — gritou e enfiou cem ducados, que tinha recebido pela manhã, na mão do estarrecido noivo.

Os anciãos e o par de noivos choraram alto, desajeitadamente lançaram-se de joelhos e beijaram suas mãos e vestes. Ele quis desvencilhar-se.

— Mantende com isso as privações longe de vós por quanto tempo puderdes! — exclamou atordoado.

— Oh, até o final da vida, meu digno senhor, seremos felizes! — exclamaram todos.

Ele não soube como tinha conseguido escapar. Estava sozinho e apressava-se pela floresta adentro com passos cambaleantes. Buscou o lugar mais solitário e fechado, e assentou-se sobre um outeiro coberto de grama, não segurando mais o fluxo de lágrimas que agora rompia livremente.

— A vida me repugna! — soluçava com profunda comoção. — Não posso estar contente e ser feliz; eu não quero isto! Recebe-me logo, terra amiga, esconde-me em teus braços gélidos contra os animais selvagens, que se chamam seres humanos! Oh, Deus do céu, como é possível que eu repouse em frouxéis e me vista com se-

das, que a uva me doe seu sangue mais precioso, e o 147
mundo todo insista em me ofertar dádivas de honra e
amor? Aquele necessitado é melhor e mais nobre que
eu, a penúria é sua ama-de-leite; desprezo e escárnio
venenoso são seu brinde. Pecaminosa parece-me cada
iguaria que saboreio, cada gole tomado em copo polido,
meu descanso em camas macias, o uso de ouro e joias,
pois que muitas milhares de vezes o mundo acossa milhares de infelizes, que para matar a fome se contentam
com o pão seco jogado fora, e que não sabem o que é alívio. Oh, eu compreendo a vós santos piedosos, vós reje-
tados, vós escarnecidos, que doastes aos pobres tudo, até
as roupas do corpo, que amarrastes um saco em torno
da pelve e, saindo pelo mundo igualmente como men-
digos, quisestes suportar as injúrias e pontapés com que
a arrogância bruta e o esbanjamento estróina expulsam
a miséria de suas mesas; vós próprios vos tornastes des-
ditosos apenas para afastar de si esse pecado da abundância.

Todas as imagens do mundo flutuavam como uma
névoa ante seus olhos! Decidiu-se a ver todos os ex-
cluídos como seus irmãos e apartar-se dos felizes. Já
há muito ele era aguardado no salão para a cerimô-
nia de casamento; a noiva estava apreensiva, os pais
procuravam-no no jardim e parques. Por fim ele retornou, aliviado das lágrimas e do peso que sentira, e a
celebração solene foi realizada.

Todos transferiram-se do salão térreo para o alpendre aberto para tomar lugar às mesas. A noiva e o noivo
abriam o caminho e os demais seguiam atrás em cortejo.

Roderich ofereceu o braço para uma jovem senhorita que era vivaz e falante.

— Por que será que as noivas sempre choram e durante o casamento parecem tão taciturnas? — perguntava ela enquanto subiam à galeria.

— Porque neste momento, mais do que nunca, elas percebem a importância e o mistério da vida — Roderich respondeu.

— A nossa noiva, porém, continuou aquela, ultrapassa em seriedade a todas que já vi. Aliás, ela está sempre soturna e nunca é possível vê-la rindo com verdadeira alegria.

— Isto mostra o quanto é nobre seu coração — respondeu Roderich indisposto, contrariamente a seus hábitos. — Talvez a senhorita não saiba que há alguns anos a noiva havia abrigado uma órfã, uma menina absolutamente encantadora, a fim de educá-la. A essa criança dedicava todo o seu tempo, e o amor da tenra criatura era sua mais doce paga. Esta menina tinha completado sete anos de idade quando se perdeu na cidade durante um passeio, e apesar de todos os esforços empregados, ainda não foi encontrada. Este acidente abalou a nobre donzela de tal forma que, deste então, ela sofre de uma melancolia recôndita, e nada consegue acalmar a saudade que sente por sua pequena companheira.

— De fato, muito interessante! — exclamou a jovem. — Isto pode ter desdobramentos românticos no futuro e dar a oportunidade para um delicioso poema.

Todos se acomodaram à mesa; a noiva e o noivo tomaram lugar no centro, tendo à frente a risonha paisagem. A conversa ia animada, muitos brindes foram feitos, reinava uma absoluta atmosfera de júbilo, os pais da noiva estavam bastante felizes, e somente o noivo estava quieto e absorto em si mesmo, degustando muito pouco e não participando das conversações. Ele assustou-se quando sons de música foram derramados do andar de cima; porém tranquilizou-se de novo ao perceber que não passavam de timbres suaves de trompa, que agradavelmente sussurravam sobre os arbustos e se estiravam pelo parque, indo perder-se na montanha ao longe. Roderich tinha alocado os músicos na galeria mais alta, acima dos comensais, e Emil ficou satisfeito com este arranjo. Perto do final da refeição, mandou vir seu mordomo e, dirigindo-se à noiva, disse:

— Querida amiga, permite que também os pobres tomem parte de nossa abundância.

A seguir ordenou que várias garrafas de vinho, assados e outros pratos, em fartas porções, fossem enviados ao par de noivos desafortunado a fim de que este dia também fosse um dia de alegria do qual posteriormente viessem a se lembrar com prazer.

— Vê, amigo — exclamou Roderich —, como tudo está tão bem ligado no mundo! Meus circunlóquios e palavreados inúteis, que tão frequentemente me reprovastes, ao final motivaram essa boa ação.

Muitos quiseram elogiar o anfitrião pela sua misericórdia e bom coração, e a senhorita falou de bela atitude e magnanimidade.

— Fiquemos calados! — disse Emil encolerizado. — Não é nenhuma boa ação, aliás, sequer é uma ação, não é nada! Se andorinhas e pintarroxos se alimentam das migalhas que esta abundância deixou cair e as levam para seus filhotes nos ninhos, então não haveria eu de me lembrar de um irmão pobre que necessita de mim? Se eu pudesse seguir meu coração, então vós decerto iríeis rir e escarnecer de mim da mesma maneira como de outros, que rumaram para o deserto a fim de nada mais ouvir do mundo e sua magnanimidade.

Todos estavam em silêncio, e Roderich reconheceu nos olhos em brasa do amigo uma indignação das mais veementes. Querendo fazer com que ele esquecesse sua irritação, rapidamente tentou guiar a conversa para outros assuntos. Emil, no entanto, tinha se tornado inquieto e distraído; principalmente seus olhos iam com frequência até a galeria superior, onde os criados que habitavam o andar de cima se ocupavam de vários afazeres.

— Quem é a repugnante velha que lá está tão atarefada e tantas vezes passa com seu casaco cinza? — perguntou finalmente.

— Ela está a meu serviço — disse a noiva —, e tem sob sua responsabilidade as camareiras e criadas mais jovens.

— Como podes tolerar tamanha feiura perto de ti? — Emil perguntou.

— Deixa-a em paz! — respondeu a jovem. — Também os feios precisam viver, e como ela é boa e honesta, pode nos ser de grande utilidade.

Todos se levantaram e cercaram o jovem cônjuge, mais uma vez desejaram-lhe boa sorte, e instaram com pedidos de permissão para o baile. A noiva abraçou-o muito afetuosamente e disse:

— Meu amado, com certeza não haverás de negar meu primeiro pedido, pois todos aguardamos isso com ansiedade. Não danço há um longo tempo e tu nunca me viste dançando. Não estás curioso para ver como me saio nesses movimentos?

— Nunca te vi tão jovial — disse Emil. — Não quero ser um obstáculo à tua alegria. Que apenas ninguém demande de mim que eu faça papel de ridículo com saltos desajeitados.

— Se fores um mau dançarino — ela disse rindo —, podes estar seguro de que todos irão deixar-te em paz.

A seguir a noiva retirou-se para trocar de roupa e colocar seu vestido de baile.

— Ela não sabe — disse Emil a Roderich, com o qual ia caminhando — que posso atravessar de um outro aposento para o dela usando uma porta oculta. Vou surpreendê-la enquanto se veste.

Quando Emil havia saído e muitas das damas também se afastaram para providenciar as alterações de vestuário necessárias para a dança, Roderich juntou-se aos jovens e conduziu-os a seu aposento.

— Já está entardecendo — disse ali. — Logo estará escuro. Que agora cada um coloque sua fantasia para que esta noitada seja bem divertida e estouvada. Tudo o que puderdes inventar: não ficai constrangidos, quanto mais extravagante, melhor! Quanto mais horrendas as caretas que produzirdes, tanto maior será meu elogio. Não deverá haver nenhuma corcova asquerosa demais, nenhuma barriga monstruosa demais, nenhum traje absurdo demais para não ser exibido hoje. Um casamento é um evento tão fabuloso: uma situação totalmente nova e inaudita é amarrada no pescoço dos casados de modo tão repentino quanto um conto de fadas. Nada nesta festa é suficientemente disparatado e insensato, pois só assim poderá representar aos noivos tal mudança súbita e levá-los a flutuar para seu novo estado como em um sonho fantástico. Façamos então desta noite algo totalmente tresloucado, e não aceitai nenhum argumento daqueles que queiram se comportar com bom senso.

— Não te preocupes — disse Anderson. — Trouxemos da cidade uma grande mala repleta de máscaras e muitas peças de vestuário coloridas e bizarras. Tu mesmo irás te surpreender.

— Vede o que comprei de meu alfaiate! — disse Roderich. — É um tesouro precioso que ele estava prestes a retalhar para fazer toalhinhas! Ele havia adquirido este vestido de uma velha comadre que certamente o utilizava para visitar Lúcifer no Blocksberg[2] em roupas de gala. Vede este justilho escarlate, com os galões e franjas dourados; este gorro que rebrilha a ouro, o qual certamente há de me assentar de modo mui venerável; com eles usarei uma saia de seda verde com enfeites amarelo-açafrão e esta máscara horrorosa. Assim, irei como anciã conduzir todo o grupo de caricaturas para o quarto de dormir. Apressai-vos para ficardes logo prontos! Então iremos buscar solenemente a jovem esposa.

[2] "Blocksberg" é o nome da montanha mais alta da região de Harz, no norte da Alemanha. Segundo antigas lendas, ali era o local de reunião de bruxas e bruxos para realização de orgias e culto ao diabo. Goethe ambientou a cena "Noite de Valpúrgis" de *Fausto* I (publicado em 1808) no Blocksberg.

LUDWIG TIECK

As trompas ainda tocavam, os convivas vagavam | **153**
pelo jardim ou encontravam-se sentados defronte a
casa. O sol havia se posto atrás de nuvens sombrias, e a
região estava imersa em desolado crepúsculo, quando
repentinamente um raio resplandecente irrompeu
mais uma vez debaixo da coberta de nuvens, e os
arredores, mas principalmente o edifício com seus corredores, colunas e circunvoluções de flores, ficou como
se estivesse borrifado com sangue escarlate. Foi então
que os pais da noiva e os demais espectadores viram
o cortejo mais espalhafatoso possível subir ao corredor
de cima: Roderich ia adiante como a velha rubra, e
atrás vinham corcundas, caraças com amplos ventres,
perucas monumentais, Tartaglias, Pulcinellas e fan-
tasmagóricos Pierrôs, figuras femininas em amplas
saias de aros e penteados altíssimos, e uma variedade
de figuras repelentes, todas como se tivessem saído de
um pesadelo. Eles avançavam fazendo brincadeiras,
girando e cambaleando, tropeçando e empertigando-se
pelo corredor até desaparecerem em uma das portas.
Apenas alguns dos espectadores tinham chegado a rir,
tamanha havia sido a surpresa diante daquela visão.
De repente soou um grito agudo que vinha dos aposentos internos, e para o pôr do sol sangrento precipitou-se
a noiva pálida, que usava um vestido branco curto no
qual esvoaçavam pâmpanos de flores; os lindos seios
estavam totalmente descobertos, a plenitude dos cachos flutuava pelos ares. Como ensandecida, os olhos
revolvendo-se, a face desfigurada, ela correu pela galeria, e, cegada pelo medo, não encontrou nenhuma
porta ou escada. Um momento depois, Emil atirava-se

em seu encalço empunhando bem alto o lustroso punhal turco. Ela chegou ao final do corredor, não podia avançar mais, ele a alcançou. Os amigos mascarados e a velha cinzenta tinham-se lançado atrás dele. Mas ele já tinha perfurado furiosamente seu peito e cortado o alvo pescoço; o sangue dela brotava ao clarão do crepúsculo. A velha tinha se engalfinhado com ele para detê-lo; em luta, ele atirou-se com ela por cima da balaustrada, e ambos tombaram dilacerados aos pés dos parentes, que haviam presenciado, emudecidos de horror, a cena sangrenta. No andar de cima e no alpendre, ou das galerias e escadas acorriam, estavam de pé e atropelavam-se os abomináveis mascarados em variados grupos, semelhantes a demônios infernais.

Roderich tomou o moribundo nos braços. Ele o havia encontrado brincando com o punhal no aposento de sua esposa. Ela estava quase arrumada quando ele entrou. À vista do ignóbil vestido rubro, a memória de Emil se recobrou, o pesadelo daquela noite descortinou-se aos seus sentidos; rangendo os dentes, saltara sobre a trêmula noiva que se pôs em fuga. Pretendia castigar o assassinato e a diabólica feitiçaria que ela realizara. Antes de morrer, a velha confirmou o ato hediondo. De um momento para outro, a casa inteira estava agora tomada de tristeza, luto e horror.

Tradução de Karin Volobuef

O CÁLICE

DA GRANDE CATEDRAL ressoavam as badaladas matinais. Na praça ampla, homens e mulheres passeavam em diversas direções, carruagens transitavam e padres se encaminhavam às suas igrejas. Ferdinand estava de pé na larga escadaria, seguindo com os olhos o movimento, e observando as pessoas que subiam para participar da celebração.

Os raios de sol se refletiam das pedras brancas, todos buscavam sombra se protegendo contra o calor que dali se irradiava; somente ele se mantinha meditando longamente encostado a uma coluna sob o calor escaldante sem ao menos senti-lo, pois se perdia em recordações de antigas reminiscências. Cismava sobre sua vida e se entusiasmava ante o sentimento que a impregnara fazendo com que se desvanecessem todos os seus demais anseios.

No ano passado, à mesma hora, ele estivera naquele lugar, a fim de ver mulheres e moças entrando à missa: com indiferença e um sorriso insolente, vira desfilar as figuras variegadas, algum olhar amável tinha se deparado com seu ar zombeteiro e alguma face virginal enrubescido; atento ele seguira com o olhar os pezinhos delicados, como eles subiam os degraus, e as compridas saias suspensas deixavam flagrar por um instante os belos tornozelos.

Nisso cruzara a praça uma jovem de porte esbelto

e nobre, caminhando de olhos modestamente abaixados. Com passadas descontraídas e ligeiras, subira os degraus com elegância graciosa. O vestido de seda envolvia o corpo lindo e as pregas pareciam dançar à música dos membros em movimento. Num certo momento, ela quisera dar o último passo e, por acaso, tinha erguido os olhos e um brilho de puro azul encontrara o olhar de Ferdinand que foi perpassado como que por um raio. Ela pisara em falso, ele se lançara rápido para sustê-la, mas não teve como impedi-la de, por um instante, cair ajoelhada aos seus pés numa pose encantadora. Ferdinand a erguera, ela não chegara a olhá-lo diretamente, nem respondera à pergunta se havia se machucado, mas tinha ficado bem vermelha. Depois ele a seguira igreja adentro, mantendo fixamente diante dos olhos a imagem da moça ajoelhada com o seio palpitante. No dia seguinte ele havia retornado à igreja, cujo portal doravante lhe afigurava sagrado.

Antes, ele tivera a intenção de deixar o vilarejo, os amigos o esperavam impacientemente na terra natal; mas desde então esse era o seu lugar; seu coração se convertera. Ele a reviu com frequência, ela não o evitou; contudo, eram segundos furtivos e roubados, pois a moça vivia sob cerrada vigilância de sua família rica e de um noivo ciumento, bem considerado na região. Os dois trocaram confissões de amor, mas não sabiam como agir em tais circunstâncias: ele era um forasteiro e não poderia oferecer à amada a grande fortuna a que ela fazia jus.

Ele deplorava dolorosamente a própria pobreza, mas quando refletia sobre a vida que vinha levando, se convencia de que era um felizardo, porque sua existência estava santificada e seu coração batia sempre ao ritmo enlevado do sentimento de amor. A natureza agora era sua amiga, todas as belezas se manifestavam aos seus sentidos, a contemplação e a piedade lhe eram familiares; ele entrava pelo portal à misteriosa escuridão da nave com uma disposição de espírito totalmente diferente daquela dos dias inconsequentes de outrora. Afastou-se dos círculos de amigos e não vivia senão pelo seu amor. Se por acaso passava pela rua onde ela morava e a via à janela, se alegrava pelo resto do dia; constantemente se falavam à luz crepuscular do entardecer, pois o jardim da moça se limitava com o de um amigo dele que, todavia, ignorava o segredo. Assim um ano se passou.

Todas essas cenas de sua nova vida lhe vinham agora à lembrança, ali à porta da igreja. Ele levantou os olhos e eis que a nobre figura chegava através da praça com leves passadas; a ele se assemelhava a um raio de sol surgindo em meio à confusa multidão. Um canto doce elevou-se de seu coração, e quando ela se aproximou, ele tornou a entrar e estendeu-lhe a água benta. Os dedos claros estremeceram ao tocar os de Ferdinand; a moça inclinou-se com uma reverência suave. Ele a seguiu e ajoelhou-se nas proximidades. Todo o seu coração se fundia de amor e melancolia, como se das feridas abertas por esse sentimento seu ser transbordasse em torrentes de orações fervorosas. Todas as palavras do sacerdote trespassavam seu peito como um frêmito; as notas da música lhe inspiravam a mais ardente devoção; seus lábios tremeram quando a bela moça comprimiu apaixonadamente o crucifixo do terço contra a boca vermelha. Como fora possível que ele um dia desconhecesse a fé e o amor? Nesse momento o padre ergueu a hóstia, a sineta ressoou, ela curvou-se humildemente e fez o sinal da cruz. Foi como se um raio intensificasse em Ferdinand energias e sentimentos mais profundos, o altar lhe pareceu animar-se, a luz multicor dos vitrais adquiriu o esplendor do paraíso. Lágrimas abundantes jorravam de seus olhos e amenizavam o ardor da devoção.

A celebração chegou ao fim. Ferdinand mais uma vez apresentou a água benta àquela que amava, ambos trocaram breves palavras e ela se afastou. Ele ficou para trás, para não atrair as atenções; perseguiu-a com o olhar até que a barra do vestido sumisse na esquina extrema do adro. Sentiu a angústia do viajante que, perdido em espessa floresta, vê se extinguir a última luz crepuscular. Despertou de seus devaneios, quando uma mão ossuda e seca tocou-lhe as espáduas, ao mesmo tempo em que alguém o chamava pelo nome.

Ferdinand virou-se e reconheceu o tímido Albert, que vivia à margem do convívio com as pessoas, e cuja casa solitária não se abria senão para ele.

– Você ainda se lembra de nosso encontro? – perguntou a voz rouca.

– Claro que sim! – respondeu o moço. – E o senhor cumprirá hoje a promessa?

Ao que o amigo disse que prontamente, se ele o acompanhasse.

Os dois foram andando juntos pela cidade afora até uma rua deserta e adentraram a um sobrado amplo.

— Hoje você precisa vir comigo à casa dos fundos, onde há um aposento isolado e não seremos incomodados.

Passaram por muitos cômodos, subiram lances de escadas, se enveredaram por corredores. Ferdinand, que anteriormente estivera ali algumas vezes visitando o amigo, se admirava agora ainda mais com o número de salas e o formato incomum daquele enorme sobrado. Se surpreendia, sobretudo, pelo fato de o velho, um solteirão sem família, habitar ali somente com um criado, sem jamais ter se interessado em alugar a alguém uma parte do espaço desnecessário.

Enfim, Albert estacou ante uma porta e disse:

— Bem, cá estamos!

Entraram em um quarto de pé-direito elevado, revestido de damasco rubro emoldurado por ripas douradas; os móveis do ambiente estavam estofados com o mesmo tecido e através das pesadas cortinas de seda vermelha, que se mantinham fechadas, filtrava-se uma luz púrpura.

— Me espere um instante! — pediu o velho, indo a uma sala contígua.

Ferdinand se deteve nesse ínterim observando alguns livros espalhados, nos quais viu caracteres estranhos, indecifráveis círculos e traços, bem como desenhos singulares. Pelo pouco que pôde ler lhe pareceram tratados de alquimia. Corria a fama de que o velho se dedicava à fabricação de ouro. Em cima da mesa estava um alaúde com incrustações incomuns de pérolas e de madeiras multicores, que representavam figuras refulgentes de pássaros e flores. A estrela no centro fora esculpida num grande pedaço de pérola, magnífico trabalho artístico, no qual numerosas figuras em filigrana dispostas em círculos lembravam rosáceas de igrejas góticas.

— Ah, você encontrou meu velho alaúde! — disse Albert ao voltar. — Ele tem mais de duzentos anos, eu o trouxe como lembrança de minha viagem à Espanha. Mas deixe-o num canto e sente-se aqui!

Ambos se sentaram à mesa, forrada da mesma maneira com tapeçaria vermelha; o velho depositou sobre o tampo um objeto embrulhado.

— Por pura compaixão por sua juventude — disse ele —, eu recentemente lhe prometi predizer se no futuro você poderá ser feliz ou não, e é chegado o momento de cumprir a promessa, embora você talvez pense que se trate de embuste ou brincadeira. Não tenha medo, o que farei não constitui perigo nenhum. Eu não lançarei conjurações aterradoras, nem trarei aparições apavorantes. Minha tentativa pode fracassar em dois casos: se seu amor não for sincero como me fez crer, meus esforços serão estéreis e nada verei; se você estorvar o oráculo com perguntas tolas, gestos bruscos, se levantando abrupto da cadeira, por exemplo, arruinará a imagem. Portanto, você tem de me prometer que se comportará com serenidade.

Ferdinand deu sua palavra e o velho descobriu o objeto embrulhado que trouxera. Era um cálice de ouro cinzelado com muita habilidade. Em torno do pé largo, uma guirlanda de mirtilos se entremeava juntamente com frutos e folhagens num relevo primoroso de ouro fosco e brilhante. Um aro semelhante, ainda mais rico, configurava figuras miúdas representando formas de minúsculos animais selvagens que fugiam ou brincavam com crianças, e perfaziam o ornamento à meia altura do copo. A borda já vinha abaulada, se recurvando ligeiramente para trás em direção aos lábios; no interior refulgia o ouro vermelho. O velho colocou o cálice entre ambos sobre a mesa, e fez um sinal, pedindo a Ferdinand que se aproximasse.

— Você sente alguma coisa, quando seus olhos se perdem nesse brilho? — perguntou.

— Sinto o fulgor se refletindo em minha alma; é como um beijo em meu peito apaixonado — respondeu o moço.

— Muito bem! — disse o velho. — Agora concentre o olhar, mantenha-o fixo no ouro brilhante e pense tão intensamente quanto possível na mulher amada.

Os dois permaneceram em silêncio, absorvidos na contemplação do cálice maravilhoso. Logo depois, o velho passou ainda silenciosamente a esfregar com o dedo a superfície brilhante do cálice traçando círculos regulares, a princípio lentos, em seguida mais rápidos, finalmente com uma velocidade impressionante. Ele interrompeu o gesto e recomeçou no outro sentido. O velho vinha procedendo aquele rito há alguns instantes, quando Ferdinand acreditou estar ouvindo música, mas proveniente do exterior, de uma rua distante, em breve os sons se fizeram mais próximos, vibraram cada vez mais nítidos e distintos pelo ar, e enfim não restava dúvida de que reverberavam do interior do cálice.

A música foi se tornando mais sonora, adquirindo uma potência tão penetrante que o coração do moço palpitava e as lágrimas lhe assomavam aos olhos. Diligente, a mão do velho continuava a friccionar em diferentes direções a borda do cálice e era como se seus dedos extraíssem faíscas cintilantes do ouro fosforescente e provocasse estalidos. Após uns momentos, os pontinhos luminosos se multiplicaram e se alinharam como sobre um fio, seguindo todos os movimentos da mão; eles chispavam multicores e se apertavam cada vez mais densamente uns aos outros, até que se mesclaram e conformaram linhas cheias.

Agora era como se à claridade lusco-fusco e avermelhada do ocaso, o velho estendesse uma rede mágica sobre o ouro brilhante, pois à vontade ele manejava os raios e com eles tecia agilmente uma tela na abertura do cálice; os raios lhe obedeciam e se quedavam hirtos semelhantes a um véu, interpenetrando-se em seu próprio movimento oscilante. Assim que os fios se encontraram bem enredados, o velho descreveu novamente os círculos sobre a beirada, a música foi diminuindo cada vez mais sutil até se tornar inaudível, enquanto a renda resplendente tremia apreensiva. Sob as oscilações mais fortes, se rompeu, e os raios tombaram gotejantes em chuva no cálice, e da precipitação elevou-se um vapor avermelhado girando em si mesmo formando círculos no ar e pairando como espuma sobre a abertura do copo. Um ponto mais luminoso atravessou célere pelos círculos vaporosos. E eis que surgiu a visão: como um olho aberto de súbito na emanação, algo como cachos louros dourados se enroscava e enrolava em anéis aéreos, suave rubor invadia intermitente a sombra hesitante.

Ferdinand reconheceu o semblante sorridente de sua bem-amada, os olhos azuis, as faces meigas, a boca rosada encantadora. A cabeça oscilou um instante pendendo, depois se elevou altiva e ereta sobre o pescoço alvo e volveu-se em direção ao moço embevecido. O velho prosseguia descrevendo círculos em torno do copo, e logo surgiram os ombros de uma alvura radiante, e assim, à medida que a criatura ia se desvencilhando de seu leito dourado e se espreguiçava fascinante se movendo no espaço, tornou-se perceptível o contorno delicado e firme dos seios com seus finos botões de rosa florescendo em doces tons encarnados.

A imagem da amada se inclinou em vagas em sua direção prestes a tocá-lo com os lábios ardentes, e Ferdinand acreditou perceber-lhe o hálito. Incapaz de se dominar em êxtase, se levantou para imprimir-lhe um beijo na boca, e imaginou no delírio tocar-lhe os admiráveis braços e cingir a figura nua arrancando-a da prisão dourada. De imediato, um tremor violento sacudiu a sutil imagem, a cabeça e o corpo se cindiram em mil linhas confusas; uma rosa vermelha jazia ao pé do cálice espelhando ainda o encantador sorriso. Ferdinand a pegou com um gesto ardente, apertou-a contra os lábios, mas sob a pressão da ânsia ardente, ela feneceu e se esvaiu no ar.

— Você não cumpriu a palavra! — exclamou o velho aborrecido. — Lembre-se de que a culpa é sua mesmo!

Embrulhou novamente o cálice, descerrou as cortinas e abriu a janela. A clara luz do dia entrou e Ferdinand com o coração cheio de tristeza saiu balbuciando mil perdões ao velho casmurro.

Ele se apressou pelas ruas da cidade. Pouco depois dos portões, sentou-se sob as árvores do bosque. A jovem lhe informara na igreja que, ao entardecer, sairia de viagem num carro, em companhia de alguns parentes. Embriagado de amor, Ferdinand vagava por ali, ora se sentava, ora retomava a caminhada; sempre mantendo ante seus olhos a lembrança da imagem adorada, aquela que vira surgir do ouro incandescente, e desejara então vê-la se adiantando para junto dele em todo o resplendor de sua formosura. Por desdita, porém, bem ali a figura primorosa se desfez em pedaços, e ele se enfureceu por ter destruído, com o amor impaciente e a confusão dos sentimentos, a imagem e talvez a própria felicidade.

Quando, após o meio-dia as pessoas no passeio se tornaram mais numerosas, ele se refugiou da multidão no meio da floresta; mas ficou à espreita e não perdeu de vista a trilha larga, observando atentamente cada carro que cruzava o portão.

A tarde se aproximava, o sol crepuscular espalhava tênue luz avermelhada. De repente veio saindo pelo portão uma carruagem ricamente guarnecida em metais dourados que refulgiam ao clarão vespertino. Ele correu à via larga. Inquietos, os olhos dela estavam à sua procura. Graciosa e sorridente, ela pendeu o elegante busto sobre a portinhola; ele acolheu o cumprimento e o aceno de amor; por um instante se encontrou bem perto da carruagem, a amada o envolveu com um olhar apaixonado, mas como se impelida pelo movimento do carro, recuou ao aceno e a rosa que lhe enfeitava o seio caiu aos pés de Ferdinand. Ele a tomou e

LUDWIG TIECK

a beijou; foi como se um presságio lhe anunciasse que
não voltaria a rever a mulher que adorava; que agora a
felicidade se rompera para sempre.

***

Passos apressados subiam e desciam escadarias, a
casa inteira estava em polvorosa, todo mundo gritava
e fazia barulho se preparando para a festa do dia seguinte. A mãe da família era mais ativa e alegre que os
outros; a noiva deixava tudo acontecer e, na reclusão do
quarto, sonhava com o que o destino lhe reservara. Todos esperavam ainda o filho, o capitão e a esposa, bem
como as duas filhas mais velhas com seus maridos; Leopold, o filho caçula, punha lenha na fogueira com peculiar traquinice, aumentava a confusão e virava tudo de
pernas para o ar sob o pretexto de prestar ajuda. Ágata,
sua irmã solteira, procurava demovê-lo daquele auxílio,
que simplesmente deixasse os outros sossegados. Mas a
mãe interveio:

– Deixe-o fazer suas peraltices em paz, pois hoje
um pouco mais ou menos de desordem não fará diferença. Como eu estou com a cabeça bastante cheia de
preocupações e afazeres, peço a vocês todos que não me
importunem senão com coisas importantes que valha a
pena eu saber: se alguém quebrar a porcelana, se faltar uma colher de prata, ou os criados arruinarem um
ou outro copo, não venham até mim contar dessas ninharias. Tão logo acabe essa agitação das bodas, então
mandaremos a conta.

– Isso mesmo, mamãe! – gritou Leopold. – De-
sígnios dignos de uma rainha! Mesmo se uns serviçais

quebrarem o pescoço, o cozinheiro se embebedar e botar fogo na chaminé, se o *sommelier* na afobação desperdiçar ou liberar pródigo vinho: não a colocaremos a par dessas infantilidades. A não ser que um terremoto derrube a casa, querida, pois isso será impossível dissimular.

— Afinal, quando será que ele tomará juízo? — indagou a mãe. — O que hão de pensar suas irmãs, quando o reencontrarem insensato como da última vez que o viram, dois anos atrás?

— Serão obrigadas a fazer jus ao meu caráter! — respondeu o adolescente de pronto. — Minhas irmãs terão de admitir: não sou cordato como os maridos delas, que em poucos anos se transformaram da água para o vinho, não necessariamente para melhor.

O noivo veio ter com eles e lhes perguntou onde estava a noiva. Mandaram a camareira ao quarto chamá-la.

— Cara mamãe, Leopold lhe apresentou meu pedido? — quis saber o noivo.

— Não que eu me lembre — disse a mãe. — Com a confusão que reina nesta casa, ninguém tem memória razoável.

A noiva apareceu e os jovens se cumprimentaram com alegria.

— O pedido sobre o qual eu comentava — prosseguiu o noivo com a sogra — é que você não leve a mal se eu trouxer mais um hóspede à sua casa já completamente lotada durante esses dias.

— Meu filho, você mesmo sabe que, embora a casa seja ampla, fica difícil encontrar um quarto disponível.

LUDWIG TIECK

— Todavia, eu tomei certas providências, e mandei que preparassem o quarto grande do anexo — interveio Leopold.

— Mas aquele cômodo não é conveniente, há anos vem sendo usado como depósito de bagunça.

— As instalações são excelentes, cara mamãe! — respondeu Leopold. — Ademais, o amigo a quem destinei o quarto não se preocupa com ninharias, não é afetado como nós. Por ser solteiro e viver sozinho a acomodação é sob medida para ele. Como se não bastasse o empenho que tivemos de persuadi-lo ao convívio aqui com seus semelhantes.

— Você não está se referindo ao seu sinistro alquimista e necromante! — gritou Ágata.

— O próprio! — respondeu o noivo. — Se você quer chamá-lo desse modo.

— Nesse caso, não permita, querida mamãe — continuou a irmã. — O que afinal quer um homem desses em nosso meio? Certa vez o encontrei andando pela rua com Leopold e tive a impressão de que não é flor que se cheire. Nunca frequenta a igreja, não ama Deus nem os homens. Introduzir essa espécie de descrente a uma ocasião festiva atrai maus augúrios. Sabe-se lá o que ele pode fazer!

— Como você é injusta! — enfureceu-se Leopold. — Condena o pobre homem sem ao menos conhecê-lo. Porque não lhe agrada o nariz dele, que não é jovem nem atraente, a seu ver torna-se logo um necromante infame!

E o noivo reforçou o pedido junto à sogra:

— Conceda, cara mamãe, que acomodemos nosso

velho amigo; permita que ele compartilhe da alegria geral. Suponho, Ágata, minha mana querida, que ele vivenciou infortúnios que o tornaram cético e misantropo; ele evita a sociedade humana e somente abre exceção a Leopold e a mim. Devo-lhe muita gratidão, ele foi o amigo que conduziu meu espírito num momento crucial da vida. Posso até dizer, talvez tenha sido unicamente graças a ele que me tornei digno do amor de Julie.

— A mim — replicou Leopold — ele coloca todos os seus livros à disposição, melhor dizendo, antigos manuscritos, e também dinheiro, fiado meramente em minhas palavras. As inclinações do nosso amigo são bastante cristãs, irmãzinha, e quem sabe, se vier a conhecê-lo melhor, talvez você se torne indulgente com seus modos um tanto taciturnos e passe a amá-lo, por mais horrível que ele lhe pareça hoje em dia.

— Sendo assim, podem convidá-lo! — disse a mãe. — Leopold me fez escutar bastante a respeito desse amigo, deixou-me curiosa para conhecê-lo pessoalmente. Mas vocês têm de assumir a responsabilidade por lhe atribuirmos uma acomodação tão modesta, pois não temos outra melhor.

Os convidados chegaram neste ponto da conversa. Eram os membros da família; as filhas casadas, bem como o oficial, juntamente com os filhos. A velha senhora alegrou-se ao rever os netinhos. Reinavam os abraços de reencontros, as palavras amáveis. Feitas as saudações aos recém-chegados, o noivo e Leopold saíram a fim de buscar o velho soturno.

A maior parte do ano o sujeito vivia no campo, a

uma milha distante da cidade, mas mantinha perto dos portões um modesto alojamento circundado por jardins. Foi ali que, por acaso, os dois jovens o haviam conhecido. Agora eles se juntaram num café, onde haviam combinado um encontro. Como anoitecia, resolveram retornar imediatamente à casa da família.

A mãe da noiva acolheu o forasteiro calorosamente, as moças se mantiveram um pouco mais reservadas; Ágata, sobretudo, estava muito intimidada e evitava com cautela mirá-lo diretamente nos olhos. Logo após as primeiras conversas convencionais, os olhos do velho se fixaram sobre a noiva, que chegara posteriormente à sala. Ele parecia encantado e todos notaram como procurava enxugar furtivamente uma lágrima. O noivo ficou feliz vendo-o à vontade, e um pouco mais tarde, quando ficaram a sós, perto da janela, o moço tomou-lhe a mão e perguntou:

— O que você diz de minha querida Julie, caro amigo? Não é um anjo?

— Oh, meu caro! — respondeu o velho com voz emocionada —, jamais vi tanta beleza e graça. Mais que isso, talvez fosse melhor dizer que ela é bela, encantadora, divina, tanto, que tenho a impressão de tê-la conhecido em outros tempos: embora desconhecida, ela é uma imagem familiar à minha imaginação; uma imagem que sempre esteve presente em meu coração.

— Eu compreendo — disse o jovem noivo. — O que é verdadeiramente belo, grandioso e sublime pode despertar em nós assombro e surpresa. Não é, entretanto, um assombro estranho, incomum ante o inusitado, mas é como algo que torna nosso âmago íntimo transparente, que traz à tona reminiscências remotas e dá vida às sensações mais caras.

Durante o jantar, o estrangeiro participou pouco das conversas. Ele não tirava os olhos da noiva, o que acabou por deixá-la constrangida e ansiosa. O oficial contou uma história de suas campanhas em batalhas, o comerciante rico falou de negócios e da crise, e o proprietário de terras, das melhorias que introduzira em seus domínios.

Após a refeição, o noivo se despediu e se recolheu pela última vez aos seus aposentos solitários. No futuro ele deveria habitar com a jovem esposa um apartamento preparado naquela casa. A sociedade se dispersou e Leopold conduziu o hóspede ao quarto do anexo.

— Nos desculpe a modéstia do quarto, minha mãe gostaria de instalá-lo com mais conforto, mas o senhor viu como nossa família é bastante numerosa, e outros parentes devem chegar amanhã. Pelo menos, o senhor não poderá nos escapar, porque não encontrará o caminho da saída neste edifício cheio de labirintos.

Os dois atravessaram ainda outros corredores confusos; finalmente Leopold se afastou, desejando-lhe boa noite. O valete de quarto depositou num canto duas velas de cera e ofereceu seus préstimos ao estrangeiro, mas recusando todo e qualquer serviço, o outro ficou só. Andando para lá e para cá dentro do quarto, ele pensava:

"Como pode me acontecer uma coisa dessas? Como aquela imagem brota agora novamente com tanto vigor de dentro do meu coração? Esqueci todo o passado e acreditei vê-la em pessoa! Mais uma vez fui jovem e ouvi o tom de sua voz como antigamente. Pareceu-me ter acordado de um sonho ruim, mas não! Agora é que despertei: a maravilhosa ilusão não passou de um doce sonho."

Agitado demais para adormecer, o velho contemplava uns desenhos inscritos nas paredes e examinava o próprio quarto.

— Hoje tudo está me parecendo familiar! — gritou inquieto. — Por um momento eu imaginei que esta casa e este quarto não me eram estranhos.

O velho procurava colocar em ordem a avalanche de lembranças e pensamentos e ergueu alguns livros pesados empilhados num canto. Enquanto os folheava, meneou a cabeça. Uma caixa de alaúde se apoiava à parede; ele a abriu e retirou de dentro um estranho instrumento bastante antigo e estragado, ao qual faltavam algumas cordas.

— Não! Eu não estou enganado! — exclamou atônito. — Esse alaúde é de fato singular, é o alaúde espanhol de meu amigo Albert, morto há tantos anos! Lá estão os livros de magia e este é o quarto, onde ele tentou evocar para mim o oráculo maravilhoso. As cortinas vermelhas desbotaram, as franjas douradas empalideceram, porém todos os instantes passados nesse ambiente estão impregnados de uma intensidade poderosa! Por essa razão me assombrei quando caminhava com Leopold por corredores confusos e intermináveis! Oh, céus! Foi aqui, sobre esta mesa, que a imagem surgiu e cresceu do cálice, como se adquirisse viço e vida com os tons rubro-dourados! A mesma imagem me sorria hoje à noite, quase me levando à loucura na sala, na qual tantas vezes estive entabulando conversas íntimas com Albert!

Ele se trocou, mas dormiu pouco. Na manhã seguinte, levantou-se bem cedo e examinou atentamente o quarto. Abriu a janela, reviu então o mesmo jardim e uma edificação diante de si, como naquela ocasião, com a diferença de que nesse entretempo haviam sido construídas novas casas.

— Quarenta anos decorreram desde então! — suspirou. — E cada dia daquela intensa época conteve mais vida que toda a existência posterior!

Vieram convidá-lo a se reunir ao grupo. A manhã transcorreu entre preparativos e conversas animadas, enfim a noiva fez a entrada triunfal trajando o vestido do casamento. Desde o instante em que a viu, o velho se agitou sobremaneira, e sua emoção não escapou a nenhum dos presentes. Todos se dirigiram à igreja, e as bodas foram celebradas. Quando se encontravam de volta a casa, Leopold perguntou à mãe:

— Mamãe, o que a senhora está achando de nosso amigo, o velho ermitão?

Ao que ela respondeu:

— Pela descrição que vocês haviam feito, eu o havia imaginado bem mais assustador. Mas ele é um homem ameno e bondoso, o seu jeito inspira muita confiança.

— Confiança? — exasperou-se Ágata. — Aqueles olhos ardentes em fogo, as milhares de rugas, a boca fina e ressequida, o riso sinistro e sarcástico. Não, Deus me proteja de semelhante amigo! Quando querem se imiscuir entre os humanos, os diabos escolhem uma criatura assim!

– Eles preferem sem dúvida uma criatura mais jovem e charmosa – respondeu a mãe. – Aliás, não concordo nada com sua descrição. Esse senhor tem um temperamento violento, um jeito reprimido, é verdade. Talvez tenha vivido muitos infortúnios, como disse Leopold, o que lhe tirou a espontaneidade peculiar às pessoas bem-aventuradas, e o fez tornar-se desconfiado.

A conversa foi interrompida pelo restante do grupo que chegava naquele momento. Puseram-se todos à mesa, o estrangeiro tomou lugar entre Ágata e o rico negociante. Assim que começaram a fazer os brindes, Leopold gritou:

– Esperem, meus caros amigos! Precisamos de nosso cálice de festas, que será passado de mão em mão.

Ele fez menção de se levantar, mas a mãe acenou para que ficasse sentado:

– Você não conseguirá encontrá-lo, pois troquei toda a prataria de lugar! – e saiu rapidamente ela mesma atrás do cálice.

O negociante comentou:

– Como nossa velha mãe está animada e cheia de vida! Apesar da idade e da corpulência, ela se movimenta com agilidade e suas feições estão sempre alegres, iluminadas. Hoje, então, ela está especialmente radiante, pois a formosura da filha a rejuvenesce ainda mais!

O velho concordou com as palavras do interlocutor.

A mãe retornou com o cálice na mão. Encheram-no de vinho, e o objeto passou a circular a partir da ponta da mesa de mão em mão, cada um dos convivas brindando ao seu desejo mais sincero e caro. A esposa bebia à saúde do esposo, o noivo ao amor da bela Julie e assim por diante. A mãe hesitou quando chegou sua vez.

Um pouco insolente e grosseiro, o oficial disse:

– Sabemos que a senhora considera todo homem infiel e indigno do mérito de ser amado pela mulher! Nesse caso me pergunto, qual seria o sonho sincero que acalenta?

A velha senhora o encarou, uma gravidade austera difundiu-se pelo seu rosto tranquilo:

– Como meu filho me conhece bem e censura com rigor meus sentimentos, que me seja permitido omitir meus pensamentos íntimos os quais são julgados pelo meu caro, com seu amor sincero.

Ela passou o cálice ao vizinho sem beber, e a disposição do grupo ficou abalada durante alguns minutos.

– Diz-se – sussurrou baixinho o negociante, curvando-se para o lado do estrangeiro – que ela não amou seu marido, mas a outro homem que lhe foi infiel. Diz-se também que foi a moça mais bonita da cidade.

Quando o cálice dourado chegou às mãos de Ferdinand, ele o contemplou estarrecido, pois era justamente o mesmo cálice do qual Albert lhe evocara a maravilhosa imagem. Demorou seu olhar no ouro e nas ondas do vinho; sua mão começou a tremer. Ele não se surpreenderia se do copo mágico e brilhante tivesse florescido novamente a figura de outrora, e com ela sua juventude distante.

– Não! – disse ele algum tempo depois à meia-voz. – É vinho, o que está luzindo assim incandescente.

— Claro! O que mais poderia ser? — indagou rindo o negociante. — Beba sossegado!

Um calafrio de susto perpassou o velho, com veemência ele proferiu o nome "Franziska", e levou o cálice aos lábios ardentes.

A velha dama lançou-lhe um olhar inquisitivo de curiosidade.

— De onde vem essa belíssima taça? — falou Ferdinand muito envergonhado do lapso.

— Há muitos anos — respondeu Leopold —, bem antes do meu nascimento, meu pai comprou o cálice, juntamente com esta casa e todo o mobiliário, de um velho solitário e reservado, que a vizinhança tachava de feiticeiro.

Ferdinand não queria dizer que conhecera bem o antigo proprietário, pois sua existência toda agora se transformara e se confundira num sonho estranho, e ele não podia conceber a ideia de permitir que outras pessoas percebessem a perturbação que lhe acometia a alma.

Após retirarem a mesa, ele ficou a sós com a anfitriã, porque os jovens tinham saído a fim de aviar preparativos para o baile.

— Sente-se aqui perto de mim — convidou a mulher —, queremos descansar, pois já passamos da idade de ir a bailes e, se não for indiscreto perguntar, diga-me se já tinha visto nosso cálice em algum lugar, ou o que foi que o comoveu tão profundamente?

— Oh, caríssima senhora! — respondeu o velho —, me desculpe a brusquidão e a emoção, mas desde que entrei nesta casa tenho a impressão de não responder mais por mim, pois a cada instante esqueço que meus cabelos são brancos e meus entes diletos morreram. Sua filha encantadora, que hoje celebra o dia mais feliz de sua vida, é tão semelhante a uma jovem que conheci e adorei em minha juventude que chego a pensar num milagre! Não! Sua filha não se parece com minha bem-amada, semelhança é pouco: é ela própria! E esta casa também me foi familiar, há muitos anos eu já tinha visto aqui a taça dourada em circunstâncias bem singulares.

E, então, o velho lhe contou toda a aventura.

— Na tarde daquele dia — assim terminou ele sua narrativa —, lá fora no bosque eu vi minha bem-amada pela última vez enquanto ela atravessava de carruagem para uma viagem à casa de campo. Uma rosa desprendeu-se do seu seio e eu a conservei. Mas ela mesma eu perdi, pois me foi infiel e casou logo em seguida.

— Deus do céu! — gritou a velha dama se levantando bastante emocionada. — Você não é Ferdinand!

— Sou eu próprio, Ferdinand! — respondeu o velho.

— Eu sou Franziska! — respondeu a mulher.

Os dois fizeram um gesto para se abraçar, mas retrocederam rapidamente. Miraram-se mutuamente com muita atenção, ambos procuravam encontrar sob as ruínas da idade, os traços que haviam conhecido e amado. E tal qual na sombra noturna da tempestade a fuga das nuvens negras deixa em instantes fugidios entrever o brilho das estrelas para em seguida dissimulá-lo mais uma vez, do mesmo modo, por um momento lhes pareceu ver mutuamente o fulgor de outrora em feições, olhos e lábios. Era como se sua juventude chorasse e sorrisse ao mesmo tempo bem ao longe. Ele se inclinou e beijou-lhe a mão, enquanto duas lágrimas pesadas rolavam abaixo, depois eles se abraçaram ternamente.

— Sua mulher morreu? — perguntou Franziska.

— Eu nunca me casei — soluçou Ferdinand.

— Santo Deus! Então eu fui a infiel! — disse ela torcendo as mãos. — Não, não fui infiel. Assim que retornei do campo, onde estive por dois meses, soube por todas as pessoas, inclusive pelos seus amigos, não somente pelos meus, que você partira há tempos para desposar alguém em sua terra natal. Mostraram-me cartas dignas de confiança, insistiram nisso, abusaram de meu desespero e de minha raiva. Paulatinamente me deixei persuadir e acabei por concordar em ceder minha mão a um homem de nobres qualidades. Meu coração e meus pensamentos, eu consagrei a você para sempre.

— Eu, contudo, não viajara — disse Ferdinand. — Algum tempo mais tarde tive notícia de seu casamento. Quiseram nos separar, minha cara, e lograram fazê-lo. Você é uma mãe bem-aventurada, eu sou um homem que vive no passado. A todos os seus filhos, eu quero amar como se fossem meus. Como é estranho, desde então nós jamais nos vimos!

— Eu raramente saía — disse ela —, e como meu marido logo alterou o sobrenome por causa de uma herança, você não podia suspeitar que nós estivéssemos morando na mesma cidade.

— Eu evitava o convívio — disse Ferdinand —, vivia em completa solidão. Leopold foi praticamente o único que conseguiu me persuadir novamente ao convívio com as pessoas. Oh, minha cara, a maneira como nós nos extraviamos e novamente nos unimos tem tudo de uma história de horror!

Os jovens encontraram os dois velhos desfeitos em lágrimas e profundamente comovidos. Ambos se calaram a respeito do que lhes acontecera no passado, não quiseram profanar um segredo tão sagrado. A partir de então, o velho foi o amigo da casa. Só a morte separou as duas criaturas que tinham se reencontrado de maneira tão extraordinária, para pouco tempo depois novamente reuni-las.

Tradução de Maria Aparecida Barbosa

ECKART FIEL E TANNENHÄUSER

em duas partes

PRIMEIRA PARTE

Sobre o plaino arenoso
O nobre duque orgulhoso
Padeceu hostil vergonha
Contra o país da Borgonha.

"O inimigo é vencedor!"
Diz, "exauriu meu vigor.
Amigos me arrebatou,
Valetes me abateu.

Não tenho como lutar
Nem armas mais manejar.
Onde estará meu escol,
Eckart, bravo e fiel?

Trazia a parentalha
A toda árdua batalha
Mas hoje, infelizmente,
Da peleja está ausente.

A força inimiga cresce
Pressinto que já me rende
Desertar da luta não quero
Gloriosa morte prefiro!"

Queixa-se do avatar,
Tentou suicídio no azar,

Contudo, um elã o anima
Eckart, bravo, se aproxima.

Couraçado Eckart, fulmíneo,
Arroja-se, luta exímio.
A prole segue o modelo
Paterno e viril apelo.

Borgonha percebe o sinal
Se imbui de alento vital!
Ora o inimigo do prélio
Foge em grande estrambelho.

O bravo Eckart se lança
Em meio à turba acossa,
Contudo banhado em sangue
O filho recolhe exangue.

Nem bem a falange cedia
Solene o duque anuncia:
"Foi bem-sucedida a vitória
Embora d'horrível memória!

Valente geriu o guerreiro
Salvando vidas e o reino!
Mas o filho morto jaz
À vida ninguém o traz!"

Turba-se prestes em pranto,
O herói se curva com espanto,
Recolhe a preciosa carga
Nos braços o filho abarca!

"Oh, Heinz, tu morres jovem
Se nem te tornaste homem…
Mas supero acerba dor

Não guardo nenhum rancor.

Pois nós, duque, o salvamos
Do ultraje o livramos,
Portanto, para seu brilho
Rendo-lhe a vida do filho!"

O Borgonha emocionado
Sente o olhar marejado,
A grandeza do amor
A seu ver tinha valor.

Comovido ele chora,
"Herói amigo, o venero",
Entre abraços de euforia,
Diz em páthos e alegria:

"Na guerra, fiel guerreiro
Sólido estandarte e brasão,
Na glória, oh braço direito,
O amarei como irmão.

Toda a nação no porvir
O tratará como a um rei,
Se posso recompensar,
Tesouros eu lhe darei."

Ao propalar-se a promessa,
Foi júbilo sem revel
O povo rendeu-lhe às pressas
A alcunha de Eckart fiel.

A voz de um velho camponês que entoava a canção ressoava através dos campos, e o fiel Eckart, cheio de dor, estava sentado à beira da encosta, imerso em lágrimas. O filho caçula que se encontrava junto dele perguntou:

— Por que o senhor está chorando alto, meu pai Eckart? Se o senhor é grande e forte, maior e mais forte que todos os outros homens, quem lhe inspiraria medo?

Enquanto isso, o grupo de caça do duque retornava. O Borgonha cavalgava um garanhão magnífico, ricamente adornado, o ouro e os adereços do príncipe soberano brilhavam e refulgiam ao sol crepuscular, de modo que o jovem Conrad não podia admirar com nitidez, tampouco apreciar convenientemente o esplêndido cortejo.

O fiel Eckart se ergueu e olhou a cena com olhar sombrio, e o pequeno Conrad, após perder o cortejo de vista, começou a cantarolar:

> Se você quer conduzir
> Portando espada e brasão
> Em majestoso garanhão,
> Então, precisa possuir
> Brio, tutano, ímpeto viril,
> Coragem varonil
> Prá' respeito incutir!

O velho tomou o filho em seus braços e o estreitou junto ao peito, lançando um olhar emocionado com seus olhos grandes e límpidos.

— Você escutou a canção daquele bondoso camponês? — perguntou-lhe então.

LUDWIG TIECK

— Como não ouviria? — respondeu o jovem. — Ele cantou em alto e bom tom, e como o fiel Eckart é você, ouvi com prazer.

— Esse mesmo duque é agora meu inimigo — disse o velho pai. — Ele guarda cativo meu segundo filho, e deve tê-lo enforcado, se eu for crer no que dizem as pessoas do reino.

— Pegue sua espada e não tolere isso — disse o filho. — Todos eles tremem em sua presença e o apoiarão, pois você é o grande herói do reino.

— Não, meu filho — disse o pai —, pois nesse caso seria eu a declará-lo inimigo. Eu não posso ser infiel a meu soberano, não, não tenho o direito de romper a paz que jurei e depositei em suas mãos.

— Mas o que ele quer de nós? — indagou Conrad impaciente.

Eckart se sentou novamente e explicou:

— Meu filho, essa é uma longa história, e mesmo se eu lhe contasse tudo em detalhes, você mal compreenderia. O poderoso guarda sempre o maior inimigo em seu próprio coração, assim ele o teme dia e noite: Borgonha pensa agora que confiou demais em mim, e com isso fez criar uma serpente em seu seio. Sou aclamado no país como valente, dizem aos quatro ventos que ele me deve o reino e a vida, chamam-me Eckart, o fiel. Por isso os oprimidos e carentes se dirigem a mim, pedindo auxílio; o que ele não pode tolerar; e todo aquele que deseja estar bem aos olhos do príncipe nutre similar despeito: enfim, ele acabou por me excluir de seu coração.

Depois disso, o herói contou com palavras simples

que o duque o banira de sua presença e os dois haviam se tornado praticamente estranhos um ao outro; tudo devido às suspeitas de que ele, Eckart, intentava tirar-lhe o ducado. Muito angustiado, continuou a contar como o príncipe reteve seu filho prisioneiro e, por considerá-lo traidor, desejava matá-lo.

Conrad disse ao pai:

— Então deixe-me ir até o duque, velho pai, eu falarei com ele e o farei ver as razões, reacendendo mais uma vez a amizade. Se de fato enforcou meu irmão, deve ser um homem maligno e você precisa puni-lo; mas isso não é provável, porque ele não pode ser vil a ponto de esquecer os grandes serviços que você lhe prestou.

— Você não conhece o velho ditado? "Se o poderoso sua ajuda almeja, valor como amigo você enseja. Nem bem, porém, o interesse se esmaece, a amizade também empalidece." Sim, dissipei minha vida inteira inutilmente: por que me elevar para em seguida mais do alto me precipitar? A amizade de um soberano é como um veneno mortal a ser empregado exclusivamente contra os inimigos, quem o possui pode até se matar por imprudência.

— Vou ter com o duque — exclamou Conrad. — Farei com que se lembre de coração de seus feitos, seus sofrimentos, e tudo voltará a ser como outrora.

— Você se esqueceu de que somos prescritos traidores; busquemos, portanto, asilo num país estrangeiro onde possamos encontrar melhor fortuna.

— Em sua idade — respondeu Conrad — você ainda pretende dar as costas à terra natal? Não, deixe-nos antes tentar de tudo. Eu me inclinarei aos pés do Borgonha, me reconciliarei e o apaziguarei; pois o que o duque poderia fazer contra mim, mesmo se nutre ódio e temor por você?

— Muito contrariado eu permito que você vá — disse Eckart —, minha alma não pressente nada de bom, contudo eu gostaria muito de reconciliar-me com ele, pois é um velho amigo, e gostaria também de salvar seu irmão que, junto dele, padece na prisão.

O sol lançava seus últimos raios suaves sobre a terra verdejante e Eckart assentou-se pensativo, apoiando-se num tronco de árvore. Ele olhou Conrad longamente e em seguida disse:

— Se você quer partir, meu filho, parta incontinenti antes que a noite escureça de todo. As janelas do castelo ducal resplendem já iluminadas, percebo lá longe os tons festivos de trombeta, talvez a esposa do príncipe delfim tenha chegado e ele esteja mais amigável para nos receber.

Contrariado, pois não depositava confiança alguma na sina, Eckart deixou o filho seguir o caminho. O jovem Conrad, porém, estava tanto mais animado porque tinha o leve pressentimento de que seria capaz de converter a inclinação do príncipe que ainda há pouco tempo atrás brincara com ele.

— Você tem certeza que retornará, meu filho querido? — resmungou o velho pai. — Se eu o perco, não restará qualquer descendente de minha estirpe.

O rapaz o consolou e o cobriu de carinho. Finalmente, se separaram.

Conrad bateu à porta do castelo e foi admitido ao interior, o velho Eckart permaneceu sozinho na noite.

— Esse também eu perdi! — queixava-se na solidão. — Não voltarei a ver seu rosto!

Enquanto ele assim lamentava, viu avançar hesitante, apoiado num cajado, um ancião que queria descer do rochedo e a cada passo dava a impressão de que cairia no abismo. Percebendo a fragilidade do ancião, Eckart estendeu-lhe a mão para ajudá-lo a descer sem percalços.

— Aonde o senhor está indo? — indagou Eckart.

O homem sentou-se e pôs-se a chorar tão amargamente que as límpidas lágrimas escorriam-lhe pelas faces. Eckart quis consolá-lo com palavras suaves e razoáveis, mas o ancião, pleno de aflição, parecia nem se importar com seu discurso bem-intencionado, antes se abandonava ainda mais languidamente à dor.

— Que sofrimento o exauriu tanto? — quis saber Eckart finalmente. — O que o deixou dessa maneira, absolutamente abatido?

— Ah, meus filhos! — gemeu o ancião.

Então Eckart pensou em Conrad, Heinz e Dietrich e ficou, ele próprio, desolado:

— Ah, melhor seria se estivessem mortos!

O herói teve um calafrio de susto ante aquelas estranhas palavras e pediu ao ancião que lhe decifrasse o enigma. O outro explicou:

— Nós vivemos realmente uma época singular que por certo em breve trará o fim do mundo, pois os sinais espantosos dessa ameaça são visíveis. Toda a desgraça está agora rompendo as antigas cadeias e vagando livre e solta entre nós. A fé em Deus é como uma fonte se esgotando e se desvirtuando, não encontra mais um leito ao qual se recolha; as forças do mal se erguem atrevidas de seus recônditos e celebram seu triunfo. Ah, meu caro senhor, nós nos tornamos velhos, mas não o bastante para tais histórias prodigiosas! O senhor sem dúvida viu o cometa, a maravilhosa luz celeste que brilhou lá no alto uma claridade profética. O mundo inteiro prevê a desgraça e ninguém pensa em começar a aprimorar-se a si mesmo e evitar desse modo o castigo. Como se não bastasse, os prodígios emergem do seio da terra, irrompem misteriosamente do fundo à superfície, assim como a luz vinda do alto brilha terrível entre nós. O senhor jamais ouviu falar da montanha que as pessoas denominam Montanha de Vênus?

– Jamais! – respondeu Eckart. – Desde que me entendo por gente.

– Isso me surpreende – refletiu o ancião –, pois a coisa é atualmente tão conhecida quanto verídica. Dentro dessa montanha se refugiaram os diabos que se salvaram dos centros mais remotos da Terra, quando a ascensão da Santa Cristandade reverteu a idolatria dos cultos pagãos. Aqui, diz-se, acima de todos a Dama de Vênus reunia a corte em torno de si, com todos os seus cortesãos infernais de voluptuosidade terrena e desejos permissíveis, e assim a própria montanha transformou-se numa maldição após tempos imemoriais.

– Mas onde se encontra essa montanha? – perguntou Eckart.

– Esse é o mistério – respondeu o ancião –, ninguém pode dizê-lo, senão aquele que tenha se devotado a Satã. Nenhuma alma inocente tem a ideia de querer procurar essa montanha. Um menestrel bem peculiar vem subitamente das profundezas, enviado pelo inferno como legítimo representante; ele percorre o mundo e toca com a flauta, fazendo os tons soarem ecoando pelos campos longínquos. Ora, aquele que ouve essa melodia torna-se cativo dela com uma potência manifesta, mas inexplicável, e é impelido sem cessar para longe, longe, em direção ao deserto, ele não vê o caminho por onde segue, anda, anda sem se cansar, as forças crescem concomitantes à pressa, nenhum poder o detém e assim o curso furioso o conduz ao interior da montanha. Jamais, para toda a eternidade, ele encontrará o caminho de volta.

Eis que o poder é rendido novamente ao inferno, e eis que de direções diversas os peregrinos infelizes se põem em marcha rumo ao lugar onde nenhuma salvação os aguarda.

Há tempos meus dois filhos não me proporcionavam mais alegria alguma, eles eram malcriados e sem modos; desdenhavam os pais e a religião. Enfim, essa música os arrebatou, os seduziu, eles foram embora para bem longe, o mundo se lhes afigurou tacanho: eles buscaram espaço no inferno.

— Nessas circunstâncias, o que o senhor pretende empreender para achá-los? – perguntou Eckart.

— Munido de meu cajado, eu me pus a caminho – respondeu o ancião –, a fim de percorrer o mundo e reencontrá-los, ou padecer de cansaço e desgosto.

Tendo dito essas palavras, ergueu-se com dificuldade e precipitou-se a caminhar tão rápido quanto lhe permitiam as pernas, como se qualquer atraso pudesse impedi-lo de alcançar o que lhe era mais caro no mundo. Eckart acompanhou com o olhar o esforço inglório do ancião e, no fundo, o considerava louco.

Caíra a noite, o dia clareava e Conrad não retornava. Então Eckart passou a vagar pela montanha, volvendo olhares ansiosos ao castelo, mas nenhum sinal do moço. Uma tropa barulhenta saiu lá de dentro, nisso ele não buscava mais se dissimular, porém montou o cavalo que pastava livre pela relva e cavalgou juntando-se ao grupo de cavaleiros jovens e bem-humorados através da pradaria. Quando se reuniram, eles o reconheceram, mas nenhum ousou ameaçá-lo ou ofendê-lo com alguma palavra ríspida, ao contrário, silenciaram com respeito, o contemplaram admirados e prosseguiram o caminho.

Eckart gritou para um dos escudeiros e indagou:

— Onde está meu filho Conrad?

— Oh, não me pergunte isso, pois a resposta só provocaria luto e sofrimento!

— E Dietrich? — insistiu ele.

— Não pronuncie mais esses nomes — disse o velho escudeiro —, pois eles estão mortos, a ira do soberano inflamou-se contra eles, ele pensou em puni-lo infligindo a morte a seus filhos.

Um furor ardente se elevou da alma conturbada de Eckart; tomado de dor e raiva, não conseguiu se dominar. Com violência, ele esporeou o cavalo e transpôs o portão do burgo. Todos retrocediam à sua passagem com reverente respeito, e assim ele cavalgou até a frente do palácio. Desmontou do animal e com passos oscilantes subiu a suntuosa escadaria.

"Estou de fato neste lugar", perguntava-se de si para si, "na residência do homem que outrora foi meu amigo?"

Ele tentava raciocinar com clareza, diante de seus olhos, todavia, moviam-se imagens cada vez mais agitadas e, foi em semelhante estado que atingiu finalmente o aposento do duque.

O príncipe de Borgonha não esperava absolutamente aquela presença e se assustou sobressaltado quando viu Eckart a um passo de si.

— Você é o duque de Borgonha? — perguntou logo encarando-o.

O duque confirmou que sim.

— E mandou matar meu filho Dietrich?

O duque disse sim.

— E também meu filhinho caçula, Conrad? — inquiriu Eckart, imerso em dor. — E como se não bastasse, você o mandou matar de modo bárbaro?

Ao que o duque novamente respondeu que sim.

Nesse ponto, Eckart encontrava-se subjugado e falou entre lágrimas:

— Ah, não me responda com frieza, Borgonha, porque não consigo suportar suas palavras. Diga somente que lamenta, se arrepende e desejaria imensamente voltar atrás, eu procurarei me consolar. Ouvindo-o assim, com todo o ímpeto de meu coração eu o detesto!

O duque, porém, disse:

— Suma de minha vista, infiel traidor, pois você é o pior inimigo que eu poderia desejar na face da Terra!

E Eckart respondeu:

– Um dia você me chamou, sim, de amigo! Essa ideia hoje pode lhe parecer bem remota, eu imagino. Nunca agi contra sua pessoa, sempre o honrei e amei como meu soberano. Deus me livre de levar a mão à espada, como muito bem poderia fazê-lo, a fim de consumar uma vingança. Não. Por mim mesmo, prefiro desaparecer de sua vista e morrer na solidão!

Após proferir essas palavras, ele ia se retirando, mas o Borgonha se irritara no fundo de sua alma e ao seu sinal surgiram guarda-costas com lanças, cercando Eckart por todos os lados, e se viram na contingência de expulsá-lo dos aposentos com as armas pontiagudas.

Saltou sobre a montaria
Eckart, nobre guerreiro,
Afirmando, o mundo inteiro
Então nada lhe valia.

"Vi cedo a prole apartar-se,
Nenhures diviso alívio,
Ninguém presta-me auxílio,
O príncipe ameaça matar-me."

Veloz cavalgou à floresta,
N'alma profunda tristeza,
Clama o tormento e a fereza
Companhia alguma requesta:

"Com a raça humana indisposto,
Suspiro, anseio coragem,
A carvalho ou faia selvagem
Confidenciarei meu desgosto.

Filho que me agradasse
Comigo nenhum ficou,
Pois o destino os levou.
É sombrio meu desenlace!"

Afligia-se Eckart raivando
Perdeu o sentido, infrene,
E célere galope o impele
Enquanto o dia raiando.

O cavalo, guia e amigo,
Dava pinotes, suava,
Eckart nem se importava
Do mundo inteiro inimigo.

Desvestiu da cabeça o elmo
E do alto lançou-se ao solo
A si mesmo causando dolo.
Finar-se, um intenso anelo!

Ninguém nas redondezas sabia onde Eckart se me-
tera, porque ele se embrenhara pelas florestas selvagens adentro e não se deixou entrever por quem quer
que fosse. O duque se acalmara e nesse ínterim se ar-
rependia de tê-lo deixado partir, em vez de encarcerá-
lo. Por isso certa manhã ele pôs-se a caminho acompa-
nhado de grande cortejo de caçadores e pessoas da corte,
a fim de percorrer as florestas à procura de Eckart, pois
acreditava que somente a morte do outro lhe propicia-
ria segurança. Todos se dispunham à busca com afã e
não arrefeciam o zelo, embora o sol tivesse se posto sem
que tivessem encontrado o menor vestígio de Eckart.

Uma tempestade irrompeu, nuvens pesadas e sombrias pairavam sobre a floresta. O trovão ribombava

e os raios incidiam sobre os elevados carvalhos. Todos foram tomados de um medo indizível e se dispersaram em meio aos arbustos ou campos baixos. O garanhão do príncipe de Borgonha desembestou mata adentro e o escudeiro não conseguiu segui-lo; o esplêndido animal foi abatido e, uníssono às trovoadas, os gritos do Borgonha em vão apelavam o socorro dos vassalos, pois não havia ninguém que pudesse escutá-lo.

Como uma besta selvagem, Eckart vagara a esmo, tendo perdido a consciência de si mesmo e de sua desgraça. Ele se perdeu e saciou a fome com ervas e raízes. Irreconhecível o herói teria parecido a todos os seus amigos, tão radicalmente os dias de desespero o haviam desfigurado. Logo que a tempestade desabou, ele despertou de seu embotamento, retomou consciência dos próprios sofrimentos e do infortúnio. Ao lembrar-se, proferiu lancinantes berros de dor pelos filhos, arrancando tufos de cabelos brancos e clamou através do bramido torrencial:

— Aonde, aonde foram parar vocês, pedaços de meu coração? Como pude ser privado de toda minha força a ponto de não poder desforrar-lhes o assassínio? Por que retive meu braço, em vez de causar a morte de quem inferiu a meu coração golpe assim fatal? Ah, eu, infame, mereço que o tirano escarneça de mim, pois meu braço impotente e meu coração traiçoeiro não resistiram ao assassino! Agora, agora ele deveria se encontrar à minha frente! Debalde anseio neste instante pela vingança, perdi a oportunidade da desforra!

Assim veio se aproximando a noite, e Eckart errava sem rumo em seu lamento. Nisso ouviu ao longe uma voz clamando por socorro. Dirigiu seus passos àquela direção e acabou encontrando no meio da escuridão um homem apoiado a um tronco de árvore, que, gemendo, lhe implorou auxílio no sentido de orientar-se no ermo. Eckart estremeceu ao escutar aquela voz que lhe soava familiar, de repente seu espírito clareou e percebeu que o caçador desgarrado era em pessoa o príncipe de Borgonha. Eckart levantou a mão para sacar a espada e abater com um golpe o assassino de seus filhos. O furor insuflou-lhe forças renovadas, ele sentiu o firme propósito de exterminar o inimigo, mas subitamente deteve o gesto recordando a promessa e a palavra dada. Pegou a mão do inimigo e o conduziu à direção em que supunha situar-se a trilha.

Na floresta escura e íngreme
Oscila, pende cansado
Mas Eckart herói muito íntegro,
Ergue-o e o leva carregado.

"Perdoe-me, essa dor ferina
Que lhe inflijo, homem honrado."
O outro responde "é a sina,
No mundo de Deus, o fado."

"Eu lhe asseguro benesses",
Altivo príncipe augura,
"Caso ao lar vivo regresse",
Enquanto às espáduas pendura.

O herói tem lágrimas quentes
Pelo rosto abatido a fluir.
Diz "meu senhor, entrementes,

Louros não hei de exigir!"

"A dor do corpo estilhaça!"
Geme sentido da sorte.
Lhe intriga a ignota trilha:
"Você por acaso é a morte?"

"Não! Morte, não me chamo."
Contrito o herói murmura:
"Deus, o poder soberano,
É luz, ampara e fulgura!"

"Ah, pura clarividência!",
Diz em delírio imerso,
"Oh, pecados na consciência,
Perante Deus e o universo.

A culpa da morte vil
De filhos, três, do meu imo
Que vaga por brenha hostil
E deplora o mal do ímpio."
Humildade bem devota,
Súdito e amigo ameno,
Eckart, nobre patriota,
Temperamento sereno!

Mea culpa o desalento!
Se nessas bandas o encontro
Débil, nem mesmo o enfrento,
Receio o fatal confronto.

Recebo nítido oráculo:
Pra' morte de descendência
Reza presságio vernáculo
Um desígnio de vingança!"

O herói diz: "a carga é dura,
Esse fardo a transportar.
Relevo opresso, alma impura
De crimes plena a pesar.

A malsinada visão,
É fatal, embora fugaz.
Creia-me, vai suceder
Em clima de muita paz!"

Nessa conversa eles prosseguiam o caminho, quando lhes veio ao encontro uma figura humana; era Wolfram, o escudeiro do duque, que há muito vinha procurando seu senhor. A noite tenebrosa ainda se mostrava sobre eles, e nenhuma estrela despontava por entre as densas nuvens. O príncipe se sentia muito debilitado e desejava alcançar um abrigo, no qual pudesse dormir até o amanhecer: ao mesmo tempo, estremecia ante a possibilidade de encontrar Eckart, cuja lembrança o assustava como um anjo vingativo. Na verdade, o príncipe não acreditava que sobreviveria à noite, tinha calafrios cada vez que um sopro da ventania agitava as grandes árvores, quando a tempestade subindo dos abismos da montanha passava fustigando suas cabeças.

– Suba, Wolfram – disse o duque em sua angústia –, suba ao alto desse pinheiro, e veja se avista nas redondezas uma luzinha, uma casa ou uma cabana aonde possamos nos dirigir.

Com risco de vida, o escudeiro escalou a árvore elevada que a tempestade agitava de um lado ao outro e cujos ramos se curvavam então quase até o chão, de modo que o rapaz se balançava na grimpa como um esquilo. Finalmente ele atingiu o cume e gritou:

– Lá embaixo no vale eu vejo brilhar uma luz, é para lá que devemos nos encaminhar!

Imediatamente ele desceu e mostrou aos dois companheiros a direção; depois de algum tempo todos os três perceberam o ditoso clarão, o que inclusive levou o príncipe a se restabelecer um pouco. Eckart permanecia mudo e concentrado, não dizia uma palavra e seguia o fio dos próprios pensamentos. Quando chegaram à cabana, bateram à porta e uma senhora velha e bondosa lhes atendeu: eles entraram e o forte Eckart fez descer o duque de seus ombros. Esse último, no mesmo instante, caiu de joelhos e com uma prece ardente agradeceu a Deus por tê-lo salvado. Eckart sentou-se num canto escuro e lá encontrou dormindo o mesmo velho que lhe confidenciara tempos atrás a desgraça de seus filhos, em busca dos quais ele saíra vagando pelo mundo.

Ao terminar sua oração, o Borgonha disse:

– Uma maravilha se operou em meu espírito nesta noite. A bondade de Deus, bem como sua onipotência, jamais haviam tocado tão intimamente meu coração empedernido. Em breve morrerei, algo mo diz, e meu maior desejo é que Deus possa perdoar meus inúmeros e graves pecados. A vocês dois, que me conduziram a esse lugar, quero antes do meu fim compensar tanto quanto puder. A você, meu escudeiro, presenteio com ambos os castelos localizados aqui nas montanhas próximas. No futuro, porém, você deve denominá-las Tannenhäuser em memória desta noite assustadora.

Virando-se, o príncipe prosseguiu:

— E quem é você, homem, você que se acomodou aí no canto? Venha, aproxime-se um pouco a fim de que eu possa recompensá-lo também pelo seu esforço e pela sua generosidade.

Um passo à frente, hesita,
Detém-se à luz, irradiante
Estaca. O príncipe fita,
Silencioso, o triste semblante.

Nisso Borgonha surpreso
O herói encara a olhar
Se cala de susto preso,
O vassalo vem apoiar.

Fraqueja e com ar doloso
Ao solo cai indefenso:
"Oh, Deus!", brada impetuoso,
"De fato é quem eu penso?

Deus, onde me esconderei?
De quem sem ira ou rancor
Pela dor que lhe causei...
Salvou-me, cabal protetor?"

Lastima o príncipe e chora.
Contido e silente, ora.
De súbito, o amigo cinge,
Só a emoção o impinge.

Eckart almeja armistício:
Doravante amor como auspício!
"Ao reino da majestade,
exemplo de fraternal lealdade."

Assim se passou a noite. Na manhã seguinte vieram outros servos que encontraram o soberano doente. Depositaram-no sobre o lombo de um burro e o levaram de volta ao castelo. Eckart não podia sair de seu lado, com frequência ele lhe tomava a mão e a apertava contra o peito, olhando o amigo com gesto de súplica. Eckart o abraçava nesses momentos e o consolava com palavras afetuosas que o tranquilizavam. O príncipe reuniu em torno de si todos os conselheiros e lhes disse que instituía Eckart fiel como tutor de seus filhos, porque ele dera demonstração de ser um homem de grande nobreza. Em seguida, o duque morreu.

Desde então Eckart assumiu o governo com todo zelo e todos no reino tinham de admirar a fortaleza viril de seu caráter. O tempo foi passando e numa certa ocasião, espalhou-se a história prodigiosa de um menestrel que viera da Montanha de Vênus e percorria o país de ponta a ponta seduzindo com sua melodia as pessoas, que sumiam depois sem deixar vestígios. Muitos punham fé no boato, outros não, e Eckart relembrou o ancião desafortunado.

— Eu o adotei como filhos — confessou aos jovens príncipes órfãos quando se encontravam juntos uma vez sobre a montanha defronte ao castelo. — Sua felicidade é agora como se fosse de minha descendência, desejo que sua alegria me prolongue a vida após minha morte.

Eles se instalaram na encosta de onde podiam vislumbrar uma ampla visão do belo país e Eckart afugentou a lembrança dos filhos, pois pareceu-lhe que eles estavam vindo ao seu encontro das montanhas lá adiante, enquanto ele percebia vindo de longe tons de uma música encantadora.

> Oh, não parecem ser sonhos
> Dos mais recônditos sonos
> Reverberando profundos
> Como canções de defuntos?
>
> Aos jovens homens seduz
> E aos sons de magia conduz.
> Pelos ares se esparze, repercute.
> Desperta na sábia juventude
> Um espírito rebelde de mudança
> Que a regiões ignotas a lança.
>
> "Vamos às montanhas, as fontes atraem!
> Vamos aos campos, os bosques convidam!
> Misteriosas vozes que anseiam
> Ao paraíso terreno enleiam."
>
> O bardo magnífico e cativante
> Dos filhos de Borgonha se aproxima
> A música envolve, deslumbra
> Supera o solar brilho que ilumina
> Toda a florada inebriada enrubesce
> O crepúsculo vermelho fosforesce
> Entre as folhagens, ventos do sul,
> Tudo tornado em ouro, o que dantes era
>   azul.
>
> Tal qual névoa difundindo-se em langor,
> Éter que a Terra ao espírito conforma
> Silencia-se de súbito todo rumor,
> O universo, uno em flor floresce.

Rochas esplendem, mais exuberantes,
As águas fluem, bem mais radiantes,
Tudo erra e encerra, repleto em tons,
Anelo unânime de terrenos dons.
A alma humana chamas desprende
Em doce delírio, bem refulgente.

Eckart se comove,
Profundo ele suspira,
A música o envolve,
Confuso se admira.

Lhe afigura novo o mundo,
Acende em cálidas cores
Não sabe o que o infunda,
Se sente entre delícias.

"Não evocam esses tons violentos,
Pergunta-se Eckart, o intrépido,
A memória da esposa, rebentos,
Amor e encanto pretérito?"

Súbito um estranho horror
Acomete o herói num instante.
Bastou a consciência e o pavor
E sentiu-se homem novamente.

Então percebe a inquietude
Das criaturas aos seus cuidados
À mercê de inimigo rude,
Indomáveis, ferozes soldados.

Prá' longe, reféns vão em levas,
Nem mais o tutor reconhecem
Agitam-se em furor como vagas

De mar brônzeo e selvagem.

Indeciso sobre a atitude,
Apelam-lhe senso e brio
Mas sente hesitar a virtude;
O herói estranha a si próprio.
Relembra a hora da morte,
Decisiva, definitiva,
De novo testemunha e suporta
Do príncipe a despedida.

Fortifica e clareia o espírito,
Mantém firme seu brasão
Enquanto tem lá no íntimo
A pujança do bardo no coração.

A espada ele quis brandir,
Decapitar oponente implacável,
Mas ouvindo o apito silvar,
Sentiu-se fremir, vulnerável.

Emergem, vindos dos montes,
Bizarras imagens de anões,
Desordenados, medonhos,
Que fluem em vagalhões.

Os filhos feitos reféns
Rebelam-se em ira e celeuma.
Os esforços de Eckart são vãos,
Se perdem em meio ao escarcéu.

Arrebata Eckart a corrente,
A pujança da horda o conduz
Resigna-se, seguindo em frente,
Nada à bravura o induz.

Aos trancos, atingem a colina
Donde sons de música ressoam
E, imediatamente, lá em cima
Embargam, silenciam, recuam.

A rocha ao meio se cinde,
E roja de dentro um tropel.
Se veem figuras surgindo,
Ao clarão misterioso do céu.

O herói desembainha a espada,
Clamando "mantenho a palavra!"
Bravo, luta denodado.
Vinga! Da turba se livra.

As crianças recaptura
De volta à fortaleza as envia.
A batalha porém segue dura,
Fôlego extremo exigia.

Porque mal caem à terra
Os anões reerguem, resistem,
Retornam dispostos à guerra,
Afoitos, com ímpeto, se batem.

Do alto Eckart vislumbra
As crianças bem longe, no vale,
Diz ora "tomara eu sucumba
Na batalha, na sanha do embate!"

A espada faiscante brandindo,
Aos raios incidentes do sol,
Roja-se em fúria anões ferindo
Que jaziam estirados em rol.

Os fidalgos atingem a fortaleza

ECKART FIEL E TANNENHÄUSER

Seguros, além do horizonte,
É quando o ferem com crueza
E da vida se despede no monte.

O herói expira aliviado
Lutando, um leão sob o arnês,
Inda na morte aliado,
Do príncipe borgonhês.

Após morto o genitor,
Assumiu o primogênito
Que grato tecia louvor:
"Nosso reino hegemônico

A Eckart damos graças,
Por tão nobre sacrifício.
Devo a vida à pertinácia
ao bravo que me salvou!"

Em Borgonha, por terra e mar,
Criou-se a lenda e o fascínio:
O homem que queira ousar
Ao Monte Vênus, supino,

Pode enxergar lá no cimo
Guiando a posteridade
A alcançar prumo e rumo
Eckart fantasma na eternidade.

Embora inefável alma,
Tutela e zela leal,
Por isso os nobres fidalgos
Exaltam o herói tão fiel!

SEGUNDA PARTE

Tinham se passado mais de quatro séculos desde a morte de Eckart fiel, quando na corte um nobre Tannenhäuser gozava na qualidade de conselheiro real de grande consideração. O filho desse cavaleiro superava em beleza todos os outros fidalgos do país, por isso era bem-amado e estimado por toda a gente. De súbito, contudo, o jovem desapareceu após ter passado por algumas experiências prodigiosas, e ninguém tinha informação sobre seu paradeiro. Desde o tempo de Eckart fiel corria naquele país a lenda da Montanha de Vênus, à qual se dizia que ele teria ido e por conseguinte estaria perdido para sempre.

Um de seus amigos, Friedrich von Wolfsburg, era entre todos aquele que com mais pesar lamentara a história do sumiço de Tannenhäuser. Os dois haviam crescido juntos e a amizade recíproca parecia a todos ter se convertido numa necessidade vital. O velho pai de Tannenhäuser morrera, ao cabo de alguns anos Friedrich se casou; já um círculo de crianças felizes o cerca e ele ainda não tivera notícia alguma do amigo da juventude, de modo que teve de considerá-lo morto.

Uma tarde ele se encontrava ao portão de seu castelo, quando ao longe avistou um peregrino se aproximando. O forasteiro vestia-se com trajes singulares, e tanto a aparência como o porte se afiguravam bizarros ao cavaleiro. Assim que o homem chegou mais perto, Friedrich julgou reconhecer o companheiro perdido e, finalmente, teve a certeza de que o estrangeiro não podia ser outro senão o velho amigo Tannenhäuser. Surpreendeu-se, um calafrio estranho percorreu-lhe ao perceber claramente como os traços fisionômicos do outro haviam se modificado completamente.

Os dois amigos se abraçaram e se assustaram mutuamente, pois ambos se olhavam com surpresa como duas pessoas estranhas. Sucederam-se às questões muitas respostas confusas; Friedrich estremecia sem cessar ante o olhar selvagem de seu amigo, no qual brilhava um fogo incompreensível. Depois que Tannenhäuser descansou alguns dias, Friedrich conseguiu apurar que o amigo se encontrava numa peregrinação a Roma.

Os dois amigos renovaram logo suas conversas de outrora e se recontaram histórias da juventude. Todavia, Tannenhäuser dissimulava cuidadosamente as informações sobre onde estivera nos últimos tempos. Friedrich, porém, insistiu quanto a isso, assim que recobraram a antiga familiaridade. O outro tentou durante longo tempo se subtrair ao questionamento, porém, no final acabou cedendo aos rogos implacáveis:

— Bem, seja feita sua vontade, vou colocá-lo a par de tudo. Não vá me censurar depois, se a história o encher de aflição e horror.

Eles saíram e iniciaram um passeio através da relva verdejante, onde se sentaram. O Tannenhäuser escondeu a cabeça dentro da relva verde e, com soluços violentos, virou-se para o outro lado sustendo a mão direita que o amigo lhe estendera ternamente. O atormentado peregrino reergueu-se e iniciou sua narrativa da seguinte maneira:

— Creia em mim, caro amigo, que a alguns de nós é atribuído no nascimento um espírito maligno que durante toda a vida o atormenta sem um minuto de

LUDWIG TIECK

repouso, enquanto não consegue atingir seus fins sombrios. Foi o que aconteceu comigo, e minha existência inteira não passa de um parto permanente e só despertarei no inferno. É por essa razão que eu já cumpri tantos sacrifícios e ainda há muitos outros me aguardando no decurso de minha peregrinação, assim talvez eu consiga obter o perdão do Santo Padre em Roma: diante dele quero depositar o pesado fardo de meus pecados, ou sucumbirei no tormento e morrerei desesperado.

Friedrich tentou consolá-lo, mas Tannenhäuser não parecia dar ouvidos às sinceras atenções do amigo, após uma curta pausa prosseguiu com as seguintes palavras:

— Existe um conto antigo e maravilhoso, segundo o qual séculos atrás vivia um cavaleiro chamado Eckart fiel. Naquela época, teria saído do interior de uma montanha estranha um menestrel cuja música misteriosa revelava no coração de quem a ouvisse uma nostalgia tão profunda, desejos tão ardentes que todos seriam irresistivelmente cativados e arrastados em turbilhão pela melodia, perdendo-se enfim naquela montanha. O inferno abrira em par suas portas às pobres criaturas humanas e as seduzira com sons maviosos. Como criança eu estava sempre escutando essa lenda sem me impressionar particularmente, mas depois de algum tempo toda a natureza, qualquer som ou flor me levava a pensar na lenda da música comovente.

Não posso exprimir-lhe a melancolia e a indizível saudade que me acometiam de repente, me retinham paralisado, e tentavam me conduzir sempre que eu contemplava o movimento das nuvens e percebia o magnífico e límpido azul mostrando-se em seus interstícios, nem as lembranças que os campos e florestas vinham despertar no fundo de meu coração. Eu era sem cessar tomado pela graça e a plenitude da natureza esplêndida, estendia meus braços como asas, a fim de unir-me em comunhão no seio da natureza pelas montanhas e vales, a fim de palpitar com toda intensidade pelas ramagens e relva e aspirar ao meu ser a abundância de sua bênção. Durante o dia, o espetáculo espontâneo da natureza me encantava, ao passo que meus obscuros sonhos noturnos me angustiavam e me apresentavam terríveis imagens ao espírito, como se quisessem me barrar a trilha para a vida venturosa.

Um desses pesadelos, sobretudo, deixou no bojo de minha alma uma impressão inefável, embora me fosse impossível em seguida rememorar nitidamente as imagens em minha imaginação. Parecia-me que havia nas ruas enorme rebuliço, eu ouvia confusamente as conversas indistintas, adentrei pela noite escura à casa dos meus pais e apenas meu pai estava presente e doente. Quando o dia amanheceu eu me atirei ao pescoço de meus pais, os abracei ardentemente e os cingi carinhosamente junto ao peito, como se um poder hostil fosse capaz de nos separar. "Será que eu o perderei?", perguntei a meu bem-amado pai. Oh! Como serei infeliz e só sem sua companhia neste mundo! Eles me consolaram, mas não lograram afastar de minha lembrança essa imagem sombria.

Eu crescia me mantendo sempre distante dos outros meninos de minha idade. Vagava amiúde sozinho através das campinas, e assim me aconteceu certa ma-

LUDWIG TIECK

nhã de perder o caminho e errar a esmo numa cerrada floresta, chamando por socorro. Depois de ter por longo tempo procurado em vão me orientar, encontrei-me de súbito ante um cercado de ferro que circundava um jardim. Através da grade eu vi à minha frente belas aleias sombreadas, árvores frutíferas e flores, destacando-se trepadeiras de rosas que refulgiam ao brilho do sol. Um inexplicável desejo de aproximar-me daquelas rosas tomou conta de mim, e sem poder reprimir o impulso, esgueirei-me por entre as barras de ferro e me introduzi no jardim. Tão logo entrei, lancei-me ao solo, envolvi com meus braços as roseiras e cobri de beijos os lábios vermelhos de suas flores, vertendo torrentes de lágrimas. Após haver perdido um tempo nesse êxtase, vi duas meninas que foram chegando por entre as árvores, uma mais velha, outra de minha idade. Despertei-me do aturdimento para abandonar-me a um encantamento maior. Meus olhos incidiram sobre a mais jovem e no mesmo instante foi como se eu tivesse me livrado de todos os meus sofrimentos desconhecidos. Acolheram-me em sua casa, os pais das duas crianças perguntaram meu nome e enviaram notícias ao meu pai, que no final da tarde veio em pessoa buscar-me.

A partir desse dia, o rumo incerto de minha vida enveredou-se por uma direção segura, meus pensamentos voltavam-se incessantemente ao castelo e à jovem amiga, pois, ao que tudo indicava, constituía isso a fonte que saciaria os meus anseios. Esqueci as alegrias costumeiras, desdenhei companheiros de folguedos e constantemente visitava o jardim, o castelo e as meninas. Bem cedo tornei-me uma criança da casa, ninguém se admirava mais da minha presença e a cada dia que passava aumentava minha afeição por Emma. Dessa maneira transcorriam as horas de minha infância e uma ternura sublime apoderara-se de meu coração, sem que eu próprio tivesse consciência disso. Meu destino parecia agora ter-se cumprido, eu não tinha outro anelo senão aquele convívio e, ao findar do dia, esperava viver um amanhã semelhante.

Por essa ocasião, a família de Emma travou conhecimento com um jovem cavaleiro que era também amigo de meus pais e que não tardou, assim como eu, a ligar-se a Emma. Eu o considerei desse momento em diante um inimigo mortal. Mas eu não conseguiria descrever o sentimento que me acometeu quando acreditei constatar que Emma preferia sua companhia à minha. Naquele instante, foi como se a música que até então me acompanhara se extinguisse em meu íntimo. Morte e ódio eram meus únicos pensamentos, eu remoía planos mirabolantes enquanto ela percutia sons do alaúde e cantava as árias que me eram familiares. Não procurei dissimular mais minha irritação e com relação a meus pais, que me censuravam, eu me mostrava rude e desobediente.

Pus-me, então, a vagar sem destino no meio de florestas e sobre rochedos, enfurecido comigo mesmo: decidi pela morte de meu antagonista. Alguns meses mais tarde o jovem cavaleiro pediu aos pais a mão da minha bem-amada e ela lhe foi prometida. Tudo que me atraíra e encantara maravilhosamente no conjunto da natureza havia se amalgamado na imagem de Emma; eu não conhecia, nem queria conhecer outra felicidade além dela, estava inclusive determinado arbitrariamente a fazer coincidir num único dia sua perda e meu perecimento. Meus pais se afligiam acompanhando meu embrutecimento; minha mãe adoecera, porém isso não me sensibilizava: não me importei o mínimo que fosse com sua condição e a via raramente.

O dia das bodas de meu rival se aproximava e com essa proximidade aumentava minha angústia, que me empurrava com ímpeto às florestas e por sobre os rochedos. Eu esconjurava Emma com as mais funestas maldições. Naquela época, eu não tinha um só amigo, ninguém se ocupava de mim, pois todos me consideravam um caso perdido.

Chegou a noite abominável da véspera do dia do casamento. Eu me perdera nas pirambeiras dos rochedos íngremes e escutava lá embaixo a torrente rugindo, às vezes me assustava com minhas próprias atitudes. Quando enfim amanheceu, eu vi meu inimigo descendo as montanhas, o abordei com insultos, ele se defendeu, sacamos nossas espadas e logo ele tombou sob meu golpe furioso e letal.

Eu fugi precipitadamente sem olhar para trás, mas seus companheiros transportaram o cadáver. Noites a fio eu perambulava ao redor da morada que abrigava minha Emma e poucos dias depois distingui no convento da vizinhança os dobres de finados e o canto fúnebre das religiosas. Informei-me: disseram-me que devido à dor pela morte do noivo a senhorita Emma em seguida falecera. Não sabia o que fazer, hesitei se de fato estava vivendo aquilo, se tudo era real. Tomei rapidamente o caminho da casa de meus pais, e na noite seguinte cheguei tarde demais à cidade onde moravam. Vi uma tremenda inquietação, as ruas estavam repletas de cavalos e carros de equipamentos, lanceiros se misturavam em desordem e davam confusamente a entender que era chegada a hora em que o imperador partiria em campanha contra seus inimigos.

Ao chegar à casa paterna, vi lumiar uma única luz; um pesadume opresso apertava-me o coração. Quando bati à porta, meu pai em pessoa veio ao meu encontro com passadas silenciosas. Imediatamente ocorreu-me a reminiscência do velho sonho dos anos da infância e emocionei-me fortemente sentindo como era o pesadelo de outrora agora tornado realidade. Atônito, perguntei: "Pai, por que o senhor está acordado a uma hora dessas?" Ele foi me conduzindo casa adentro, e respondeu: "Eu preciso velar, pois agora sua mãe também está morta".

Suas palavras trespassaram minha alma como raios. Ele sentou-se com cautela, tomei lugar ao seu lado, o cadáver jazia estirado sobre o leito, estranhamente escondido por um reposteiro. Meu coração batia em rompantes. "Eu me manterei em vigília", disse o velho, "porque minha esposa permanece sentada perto de mim". Fui perdendo os sentidos, fixei o olhar num canto do aposento e após uns instantes algo se moveu como um vapor, pairava e ondulava, a imagem familiar de minha mãe se constituiu visível, me olhando com uma expressão de gravidade. Fiz menção de fugir, mas não fui capaz de me mover, a figura materna me fez um sinal e meu pai me reteve preso em seus braços, sussurrando baixinho ao meu ouvido: "Morreu de desgosto por sua causa". Eu o abracei com todo meu ardor filial, derramei lágrimas ferventes em seu peito.

Ele me beijou e eu estremeci ao contato daqueles lábios gelados como os de um defunto que me tocavam. "O que há, pai?", indaguei apavorado. Ele teve um estremecimento convulso e não respondeu. Num minuto eu senti que ele esfriava, procurei ouvir os batimentos do coração, não palpitava mais; em minha loucura triste eu continuava estreitamente abraçado a um cadáver.

Como um clarão semelhante ao primeiro albor da aurora, eu vi através do aposento escuro o fantasma de meu pai sentado junto à imagem de minha mãe, e ambos me contemplaram com compaixão, como eu continuava a manter num abraço o cadáver da pessoa querida. A partir daí meus sentidos se turvaram; os criados me acharam pela manhã na câmara mortuária desprovido de razão e de forças.

Tannenhäuser chegara até esse ponto de sua narrativa, enquanto o amigo Friedrich escutava bastante admirado. Mas de súbito ele interrompeu a história com uma expressão confrangida de dor. Friedrich parecia um pouco constrangido e não dizia nada. Os dois amigos caminharam de volta ao castelo, mas permaneceram ainda a sós numa sala.

Depois de uma pausa silenciosa, Tannenhäuser retomou o fio da narrativa:

— Essas lembranças tristes sempre me tocam profundamente, eu não consigo entender como pude sobreviver a isso tudo. Doravante a terra e a existência se afiguraram para mim mortas e desoladas, eu me arrastava desatinado e desgostoso dia após dia. Foi quando me juntei à companhia de jovens tresloucados, e na bebida e nos prazeres busquei apaziguar o espírito maligno que me habitava. A agitação ardorosa e peculiar voltou à tona e eu próprio não era capaz de compreender meus ávidos anseios. Um libertino chamado Rudolf tornou-se meu amigo íntimo, mas sem cessar ele ria de minhas queixas e de minha nostalgia. Cerca de um ano se passou, minha angústia me levava às raias do desespero; eu me sentia impelido a partir, a ir cada vez mais longe, a regiões ignotas; quis precipitar-me do alto das montanhas às pradarias verdejantes e brilhantes, ao bramido gelado da torrente, a fim de estancar a sede ardente e insaciável de minh'alma. Aspirava em meu ânimo o desejo da morte, e novamente pairavam ante mim, e me enleavam a segui-los como dourados estratos crepusculares, a esperança e o anseio de viver. No entretempo, ocorreu-me que o inferno me cobiçava e me enviava esses sinais de dores e alegrias para perder-me; que um espírito pérfido orientava as energias de minh'alma rumo às profundezas sombrias, atraindo-me ao abismo.

Resolvi abandonar-me a ele a fim de livrar-me das torturas que se alternavam aos acessos de euforia. Na noite mais tenebrosa, eu subi uma montanha íngreme e gritei a todos os pulmões o inimigo de Deus e dos homens; e o fiz com tanta convicção, que tive o pressentimento de que ele deveria me obedecer. Ele ouviu meu apelo, de repente se encontrava ao meu lado e não me provocou nenhum horror. Durante a conversa com ele, despertou em mim mais uma vez a crença na montanha misteriosa, e ele me ensinou uma canção que

LUDWIG TIECK

me faria achar espontaneamente a trilha certa que me conduziria até lá. Depois sumiu e pela primeira vez em minha existência eu me vi só comigo mesmo, pois nesse instante eu compreendia o conjunto de meus pensamentos dispersantes que ansiavam divagar a partir do meu centro em busca de novas paisagens.

Pus-me em marcha, e a canção que eu entoava em voz alta me levava através de prodigiosas solidões, eu esquecera tudo o mais em mim e a minha volta. Ela me transportava como sobre imensas asas do desejo ao cerne de minh'alma. Eu queria escapar à sombra ameaçadora que mesmo na claridade nos espreita, às dissonâncias que em plena harmonia musical se imiscuem e nos perturbam.

Foi assim que numa noite, quando o clarão pálido do luar brilhava ainda difuso por trás de nuvens escuras, eu me deparei com a montanha. Prossegui cantarolando a canção, e uma figura gigantesca assomou ante mim e, com o cajado, fez-me um gesto para retroceder. Fui chegando perto.

– Sou Eckart fiel! – apresentou-se a figura sobrenatural. – A bondade divina postou-me aqui a fim de zelar e refrear o temor maligno do homem.

Passei ao largo.

Meu caminho assemelhava-se a uma galeria de mina subterrânea. A passagem era tão estreita que eu precisava me esgueirar entre as encostas. Percebia sussurros das correntes aquáticas ocultas e itinerantes, ouvia os espíritos da terra configurando os minerais como o ouro e a prata, para atiçar a cobiça humana; encontrei ali, escondidos naquele ermo, os sons e as notas das quais se compõem a música terrena. Quanto mais me aprofundava, mais sentia um véu se abrindo ante meus olhos.

Repousei um tempo e vi algumas silhuetas humanas avançarem vacilantes, entre elas estava meu amigo Rudolf. Não conseguia entender como podiam cruzar comigo, pois a senda era demasiadamente estreita, mas elas passavam através das rochas sem me perceber.

Logo eu ouvi uma música; porém completamente diferente daquela que até aí se alçara a meus ouvidos. Os espíritos em mim se empenhavam a ir ao encontro dos tons. Atingi uma área livre e de todas as partes brilhavam cores maravilhosamente luminosas. Eis ali tudo o que eu sempre almejara. Bem junto ao peito eu sentia a presença do esplendor buscado e finalmente encontrado; jogos de êxtase me impregnavam com toda a força. Veio ao meu encontro o bulício estonteante dos pândegos deuses pagãos; a Dama de Vênus à frente, e todos me saudavam. Eles foram exilados ali pelo poder do Todo-Poderoso e seu culto desapareceu da face da Terra; dali então, em completo segredo, continuavam irradiando sua influência.

Todos os deleites terrenos eu desfrutei e gozei em toda a plenitude; insaciável era meu afã e infinito o prazer. As célebres belezas do mundo antigo estavam presentes, o que o pensamento desejava eu possuía, uma embriaguez seguia à outra, cada dia me parecia cintilar em cores vibrantes. Jorros de vinhos requintados abrandavam minha sede ardente e as figuras mais graciosas flutuavam pelo ar, moças nuas me cercavam sedutoras, fragrâncias encantadoras rescendiam em torno de mi-

LUDWIG TIECK

nha cabeça, como do mais profundo âmago da natureza soava a música cujas ondas sutis acalmavam a loucura ávida da volúpia; uma sensação de horror vagando misteriosamente sobre os prados floridos aumentava o inebriante langor. Quantos anos se esvaíram nesse enlevo eu não saberia dizer, pois nesse estado não havia tempo nem diferenças: nas florescências ardia o fulgor das mulheres e dos prazeres; o corpo das mulheres exalava o viço das flores. As cores expressavam uma outra linguagem, os sons articulavam palavras novas; o mundo sensível inteiro estava entrelaçado num único buquê formoso e os espíritos festejavam num triunfo excessivo e incessante.

Mas aconteceu, sem que eu pudesse conceber a razão, que em meio a todo esse esplendor impuro, eu fui dominado por uma nostalgia da paz, uma saudade da Terra antiga e inocente com suas alegrias castas e singelas, e isso com o mesmo ímpeto que outrora me arrojara até ali. Atraía-me agora a possibilidade de viver a vida que os homens levam em total inconsciência, com alegrias e tristezas se alternando; eu estava saciado do delírio e dos devaneios, e de bom grado voltaria à minha terra natal. Uma incompreensível graça da providência permitiu-me o retorno, de repente eu me encontrava mais uma vez no mundo, e penso agora extravasar meu coração repleto de pecados diante do trono de nosso Santo Padre em Roma, a fim de que ele me perdoe e eu reconquiste meu lugar entre os homens comuns.

Tannenhäuser se calou e Friedrich o considerou detidamente com um olhar perscrutador. Em seguida, ele tomou a mão do amigo e lhe disse:

— Não consigo superar minha estupefação, tampouco entendo sua história. Só me resta atribuir tudo isso a um fruto de sua fértil imaginação. Porque Emma vive, Tannenhäuser, ela é minha esposa e você e eu nunca nos batemos, nem nos odiamos, conforme você descreveu; você sumiu da região antes de nosso casamento, sem nunca ter me feito qualquer confidência sobre o amor que nutria por Emma.

Depois disso ele puxou o confuso amigo pela mão e o conduziu à sala contígua, ao encontro da esposa, que retornara há pouco ao castelo após uma visita de alguns dias à irmã. Mudo e ensimesmado, Tannenhäuser contemplou a aparência e a fisionomia da mulher, e batendo a mão na testa, exclamou:

— Por Deus! Essa é a aventura mais insólita que já me sucedeu!

Friedrich fez um relato coerente de tudo que lhe acontecera desde que Tannenhäuser desaparecera, procurou dar a entender que uma loucura estranha simplesmente o vinha perturbando há alguns anos.

— Sei muito bem o que é isso! — replicou Tannenhäuser. — Agora vejo fantasmas, sou louco; o inferno é que insidia essas tramoias, a fim de evitar minha peregrinação a Roma e a remissão de meus pecados!

Emma procurou em vão dissuadi-lo da ideia, recordando casos da infância comum, mas Tannenhäuser não se deixou convencer. Tomou imediatamente o caminho de Roma para obter enfim a absolvição divina.

Friedrich e Emma falaram ainda durante muitos

anos sobre o estranho peregrino. Alguns meses tinham transcorrido quando Tannenhäuser, pálido e descaído, vestindo trajes de peregrino e descalço, entrou certo dia nos aposentos de Friedrich, no momento em que ele ainda dormia. Inclinou-se e depositou-lhe um beijo sobre os lábios, e rapidamente pronunciou as seguintes palavras:

— O Santo Papa não quer, nem pode jamais me conceder o perdão, preciso retornar à minha antiga morada.

Em seguida ele se afastou apressadamente.

Quando Friedrich despertou, o infeliz já tinha desaparecido. Levantou-se e se dirigiu ao aposento da esposa, e as criadas o receberam aos prantos: Tannenhäuser penetrara ali ao raiar do dia e pronunciara uma sentença:

— Que ela não estorve meu caminho!

Encontraram Emma assassinada.

Nem bem recobrara o espírito após o abalo, Friedrich foi acometido de um pavor: pleno de agitação, correu para o ar livre. Tentaram retê-lo, mas ele contou que o beijo do peregrino sobre seus lábios queimava e continuaria ardendo enquanto não o encontrasse novamente. Desse modo, ele travou uma cruzada insana e inconcebível à procura da montanha misteriosa e de Tannenhäuser, e desde então ninguém mais o viu. As pessoas diziam que quem recebe um beijo de alguém da montanha não pode resistir à fascinação, à violência do encantamento que o lança, ele também, às profundezas subterrâneas.

Tradução de Maria Aparecida Barbosa

TÍTULOS PUBLICADOS

1. *Iracema*, Alencar
2. *Don Juan*, Molière
3. *Contos indianos*, Mallarmé
4. *Auto da barca do Inferno*, Gil Vicente
5. *Poemas completos de Alberto Caeiro*, Pessoa
6. *Triunfos*, Petrarca
7. *A cidade e as serras*, Eça
8. *O retrato de Dorian Gray*, Wilde
9. *A história trágica do Doutor Fausto*, Marlowe
10. *Os sofrimentos do jovem Werther*, Goethe
11. *Dos novos sistemas na arte*, Maliévitch
12. *Mensagem*, Pessoa
13. *Metamorfoses*, Ovídio
14. *Micromegas e outros contos*, Voltaire
15. *O sobrinho de Rameau*, Diderot
16. *Carta sobre a tolerância*, Locke
17. *Discursos ímpios*, Sade
18. *O príncipe*, Maquiavel
19. *Dao De Jing*, Laozi
20. *O fim do ciúme e outros contos*, Proust
21. *Pequenos poemas em prosa*, Baudelaire
22. *Fé e saber*, Hegel
23. *Joana d'Arc*, Michelet
24. *Livro dos mandamentos: 248 preceitos positivos*, Maimônides
25. *O indivíduo, a sociedade e o Estado, e outros ensaios*, Emma Goldman
26. *Eu acuso!*, Zola | *O processo do capitão Dreyfus*, Rui Barbosa
27. *Apologia de Galileu*, Campanella
28. *Sobre verdade e mentira*, Nietzsche
29. *O princípio anarquista e outros ensaios*, Kropotkin
30. *Os sovietes traídos pelos bolcheviques*, Rocker
31. *Poemas*, Byron
32. *Sonetos*, Shakespeare
33. *A vida é sonho*, Calderón
34. *Escritos revolucionários*, Malatesta
35. *Sagas*, Strindberg
36. *O mundo ou tratado da luz*, Descartes
37. *O Ateneu*, Raul Pompéia
38. *Fábula de Polifemo e Galatéia e outros poemas*, Góngora
39. *A vênus das peles*, Sacher-Masoch
40. *Escritos sobre arte*, Baudelaire

41. *Cântico dos cânticos*, [Salomão]
42. *Americanismo e fordismo*, Gramsci
43. *O princípio do Estado e outros ensaios*, Bakunin
44. *O gato preto e outros contos*, Poe
45. *História da província Santa Cruz*, Gandavo
46. *Balada dos enforcados e outros poemas*, Villon
47. *Sátiras, fábulas, aforismos e profecias*, Da Vinci
48. *O cego e outros contos*, D.H. Lawrence
49. *Rashômon e outros contos*, Akutagawa
50. *História da anarquia (vol. 1)*, Max Nettlau
51. *Imitação de Cristo*, Tomás de Kempis
52. *O casamento do Céu e do Inferno*, Blake
53. *Cartas a favor da escravidão*, Alencar
54. *Utopia Brasil*, Darcy Ribeiro
55. *Flossie, a Vênus de quinze anos*, [Swinburne]
56. *Teleny, ou o reverso da medalha*, [Wilde et al.]
57. *A filosofia na era trágica dos gregos*, Nietzsche
58. *No coração das trevas*, Conrad
59. *Viagem sentimental*, Sterne
60. *Arcana Cœlestia e Apocalipsis revelata*, Swedenborg
61. *Saga dos Volsungos*, Anônimo do séc. XIII
62. *Um anarquista e outros contos*, Conrad
63. *A monadologia e outros textos*, Leibniz
64. *Cultura estética e liberdade*, Schiller
65. *A pele do lobo e outras peças*, Artur Azevedo
66. *Poesia basca: das origens à Guerra Civil*
67. *Poesia catalã: das origens à Guerra Civil*
68. *Poesia espanhola: das origens à Guerra Civil*
69. *Poesia galega: das origens à Guerra Civil*
70. *O chamado de Cthulhu e outros contos*, H.P. Lovecraft
71. *O pequeno Zacarias, chamado Cinábrio*, E.T.A Hoffmann
72. *Tratados da terra e gente do Brasil*, Fernão Cardim
73. *Entre camponeses*, Malatesta
74. *O Rabi de Bacherach*, Heine
75. *Bom Crioulo*, Adolfo Caminha
76. *Um gato indiscreto e outros contos*, Saki
77. *Viagem em volta do meu quarto*, Xavier de Maistre
78. *Hawthorne e seus musgos*, Melville
79. *A metamorfose*, Kafka
80. *Ode ao Vento Oeste e outros poemas*, Shelley
81. *Oração aos moços*, Rui Barbosa
82. *Feitiço de amor e outros contos*, Ludwig Tieck
83. *O corno de si próprio e outros contos*, Sade
84. *Investigação sobre o entendimento humano*, Hume

Edição	Bruno Costa
Coedição	Iuri Pereira e Jorge Sallum
Capa e projeto gráfico	Júlio Dui e Renan Costa Lima
Imagem de capa	Detalhe de *Mönch am Meer* (*c.* 1808), de C. D. Friedrich
Programação em LaTeX	Marcelo Freitas
Revisão	Iuri Pereira
Assistência editorial	Bruno Domingos e Thiago Lins
Colofão	Adverte-se aos curiosos que se imprimiu esta obra em nossas oficinas em 4 de setembro de 2009, em papel off-set 90 gramas, composta em tipologia Walbaum Monotype de corpo oito a treze e Courier de corpo sete, em plataforma Linux (Gentoo, Ubuntu), com os softwares livres LaTeX, DeTeX, vim, Evince, Pdftk, Aspell, svn e trac.